W0326888

Heike Wendler
Der himmlische Kater

Heike Wendler

Der himmlische Kater

Aus dem Tagebuch einer Pfarrhauskatze

benno

Bibliografische Information der Deutschen Nationalbibliothek
Die Deutsche Nationalbibliothek verzeichnet diese Publikation in der Deutschen Nationalbibliografie;
detaillierte bibliografische Daten sind im Internet über http://dnb.d-nb.de abrufbar.

Besuchen Sie uns im Internet unter:
www.st-benno.de

ISBN 978-3-7462-3363-5

© St. Benno-Verlag GmbH
Stammerstr. 11, 04159 Leipzig
Umschlaggestaltung: Ulrike Vetter, Leipzig
Umschlagabbildung: © pics/Fotolia.de; © Frank Waßerführer/Fotolia.de (Katze)

Gesamtherstellung: Kontext Lemsel (A)

INHALT

EIN SELTSAMES PAAR

Das Zusammenleben mit Menschen hält manche Überraschung bereit und ist schon an sich eine Herausforderung für sensible Haustiger wie mich. Handelt es sich bei dem zweibeinigen Hausgenossen jedoch auch noch um eine Tierärztin, muss man auf ganz besondere Überraschungen gefasst sein. So kam Sarah, mein Frauchen, eines Abends nach ihrem Dienst in der Tierklinik mit einem Transportkorb heim. Nach dem ersten Schreck – hätte ja sein können, dass der für mich bestimmt gewesen wäre – dann die Überraschung: Sein Inhalt fiepte und roch seltsam. Ich ahnte Böses und ging erst einmal fauchend auf Abstand. Doch Sarah wäre nicht Sarah, wenn sie sich davon hätte beeindrucken lassen.

„Sieh nur mal, Jacky, was ich mitgebracht habe!“, rief Sarah ganz verzückt. Misstrauisch kam ich näher, während Sarah bereits damit beschäftigt war, die Box zu öffnen, in der es laut rumpelte. Der Inhalt fiepte lauter und er roch nach – oh Schreck, oh Graus – nach HUND! Dann war es passiert, Sarah öffnete die Box, während ich noch unter Schock stand, und der Hund stolperte heraus. Erst einmal über seine eigenen Pfoten, dann drehte er sich um seine Längsachse, was Sarah unglaublich lustig fand. Schließlich ließ er sich auf sein Hinterteil plumpsen und blickte mit diesem unterwürfigen, liebeheischenden Hundeblick Sarah an. Ich hasste diesen Hundeblick, doch Sarah war entzückt. Um meine Missbilligung deutlich zu demonstrieren, drehte ich mich zur Seite, machte einen gewaltigen Buckel und fauchte wie ein Teekessel kurz vor dem Siedepunkt. Sofort rappelte sich der Hund wieder auf die Pfoten und tapste in meine Richtung, was mehr wie ein humpelndes Hüpfen aussah, da seine linke Vorderpfote bis zur Schulter dick bandagiert war. Unterhalb des linken Ohrs klebte ein Pflaster.

„Sieh mal, Jacky, das ist Gismo!", sagte Sarah, als würde sie damit das achte Weltwunder verkünden. „Ist er nicht süß?" Der Blick, den ich ihr daraufhin zuwarf, war eindeutig: Nein, er war ganz gewiss nicht „süß". Er war ein Hund! Doch Sarah sah es nicht einmal, denn schon wieder klebten ihre Augen hingebungsvoll an dem ungeschickten jungen Hund.

Nach einer Weile, die mir wie eine Ewigkeit vorkam, wandte sie sich wieder mir zu.

„Ihr beide werdet bestimmt viel Spaß haben", sagte sie allen Ernstes. „Jetzt, wo Gismo hier ist, bist du auch nicht mehr den ganzen Tag lang allein."

Was sollte das denn? Hatte ich mich je beschwert? Oder etwas angestellt? Niemals! Ich war gern allein, meistens zumindest. Schließlich kam Sarah ja jeden Abend wieder. Mehr oder weniger pünktlich. Ja, ich war gern allein. Und überhaupt, was sollte das denn heißen? Dass dieser

Gismo nun hier einzog? Sarah hatte ihre Aufmerksamkeit längst wieder diesem Eindringling geschenkt und streichelte ihn ganz vorsichtig.

„Köter!“, zischte ich ihm zu, als ich hoheitsvoll mit erhobenem Schwanz Richtung Küche marschierte. Es war Zeit für meinen Nachmittagssnack.

Zu sagen, ich war beleidigt, wäre die Untertreibung des Jahrhunderts gewesen. Ich war zutiefst beleidigt, ich war gekränkt, grantig, frustriert, mürrisch ... und all das wegen einer halben Portion von Hund. Er war ja tatsächlich irgendwie „süß“, das konnte ich nicht einmal abstreiten. Sein Fell war fast weiß mit drei annähernd runden braunen Flecken auf dem Rücken. Sein Gesicht hingegen war braun und oberhalb der Augen schwarz, einschließlich der Ohren. Rund um die Nase war er wieder weiß, und ein schmaler, weißer Streifen ging von dort bis zur Stirn, was aussah, als wäre sie in zwei Hälften geteilt. Dennoch konnte man genug Makel an ihm finden. Er hatte geknickte Ohren und kurze Beine, und ich konnte beim besten Willen nicht begreifen, was Sarah so toll an ihm fand.

Später in der Küche griff sie das Thema wieder auf. „Sieh mal, Jacky, das ist doch auch für dich“, versuchte sie mir erneut zu erklären. Zumindest merkte sie wohl, dass ich nicht einverstanden war mit diesem seltsamen Untermieter!

„Meine Liebe“, sagte ich, „ich verzichte gern auf dieses Präsent. Um ganz ehrlich zu sein, ich könnte mir unge-

fähr hunderte Geschenke vorstellen, mit denen du mir tatsächlich eine Freude bereitet hättest, aber das da ... tausch ihn doch bitte um, ja?"
Leider hatte es Sarah in den Jahren, die wir nun schon miteinander verbrachten, noch nicht geschafft, meine Sprache wirklich zu verstehen. Dabei hatte ich am Anfang ernsthaft geglaubt, Tierärzte könnten das. Aber nein, ich musste lernen, dass Sarah mich zwar oft verstand, aber eben nicht immer. Und schon gar nicht wörtlich. Deshalb erfasste sie auch jetzt den Inhalt meines für mich sehr eindeutigen Gemauzes nicht. Natürlich nicht, ärgerte ich mich, sie streichelte nämlich schon wieder diesen blöden Hund. Der hatte ebenfalls einen Snack bekommen und schmatzte nun grunzend vor sich hin. Hatte dem noch niemand Manieren beigebracht? Nun sah er zu mir herüber, die Knickohren auf Halbmast. „Das ist aber nicht nett von dir", brummelte er. Gekränkt schien ihn meine Bemerkung jedoch nicht zu haben, denn gleich im nächsten Moment kam er auf mich zugerannt. Ich hob drohend die Pfote und fletschte mein Gebiss. „Komm, lass uns spielen, Jacky!", sagte er. „Wer zuerst an der Wohnungstür ist!" Und schon rannte er los, jedoch nicht ich, sondern Sarah folgte ihm. Sie nahm ihn auf den Arm und ging mit ihm erst mal Gassi.

Ich zog mich auf das oberste Plateau meines Kratzbaums zurück und versuchte mich zu entspannen. Ich brauchte dringend eine Erleuchtung, was ich in punkto Gismo unternehmen sollte, denn mir schwante Fürchterliches ...

Leider blieb die Erleuchtung aus, dafür holte mich die Realität in den folgenden Tagen ein. Gismo blieb. Meine Ahnung wurde von der Realität sogar noch haushoch übertroffen. Von jetzt an hieß es nur noch „Gismo hier“ und „Gismo da“. Gismo musste viermal täglich rausgebracht werden, um dem Ruf der Natur zu folgen. Was für eine grandiose Zeitverschwendung! Wo Sarah schon so wenig davon hatte. Doch nein, nun rannte sie mit ihm auch noch eine gefühlte Ewigkeit um den Block. Bei jedem Wetter, versteht sich.

„Kann der Tölpel denn nicht ein Klo benutzen wie normale Tiere?“, blaffte ich Sarah an. Eigentlich war ja sie die Hauptleidtragende, denn das Gassigehen zwang sie, eine halbe Stunde früher als gewohnt aufzustehen. Außerdem musste sie in ihrer Mittagspause heim zum Gassigehen, ebenso sofort nach Dienstschluss, am frühen Abend und dann noch einmal vor dem Zubettgehen. Nach nicht einmal einer Woche war ich mit den Nerven am Ende und Sarah auch, aber sie sah es nicht ein. Gismo bekam ein Brustgeschirr, weil er jede erdenkliche Anstrengung unternahm, sich in seinem Halsband zu erhängen – warum es ihm misslang, blieb unklar. Er bekam außerdem mehrere Halstücher. Hatte man so was schon jemals gehört? Wozu brauchte ein Hund ein Halstuch? Brauchte ich vielleicht eins?

Ich hatte mir in den Kopf gesetzt, ihn nicht zu mögen. Leider musste ich schon bald einsehen, dass meine Abneigung allein ihn nicht aus der Welt schaffte. Denn Sarah beschloss, sie geflissentlich zu ignorieren. Allerdings muss ich zugeben, dass Gismo meine Attacken mit bewundernswerter Gelassenheit über sich ergehen ließ. In typischer Hundemanier mochte er mich trotzdem! Der Kerl war unglaublich.

„Versuch dich nur nicht bei mir einzuschleimen, Gismo!", fauchte ich. „Das funktioniert bei mir nicht!" Er sah mich mit diesem hingebungsvollen Hundeblick an, den manche Menschen doch tatsächlich für unwiderstehlich halten. Sarah leider eingeschlossen. Ich fand ihn einfach nur doof.

„Was kann ich denn tun, damit du mich magst, Jacky?", fragte er mich gegen Ende der ersten Woche unseres unfreiwilligen Zusammenlebens allen Ernstes. „Können wir denn nicht einfach Freunde sein?"

„Nein, Hundling, das können wir nicht!", fauchte ich und drehte ihm demonstrativ mein Hinterteil zu. Er ließ sich davon nicht beeindrucken, sondern kam einfach zu meiner Vorderseite getapst.

„Aber warum denn nicht?", wollte er wissen. Wieder dieser liebeheischende Blick, unglaublich!

„Das hier", sagte ich und blickte mich um, „ist mein Revier. Und Sarah ist mein Frauchen. Ich habe nicht vor, auch nur eines von beiden mit jemandem zu teilen. Schon gar nicht mit dir!"

Nun sah er traurig aus. Die Ohren hingen herab, er legte die Stirn in Falten und guckte betreten vor sich hin.

Seine Zuneigung war schon schwer genug zu ertragen, aber seine vorwurfsvolle Traurigkeit passte mir noch viel weniger. Also ging ich ihm aus dem Weg, so gut es ging, verzog mich schmollend auf meinen Kratzbaum und strafte Sarah mit Liebesentzug. Doch das merkte sie nicht einmal oder sie tat nur so, zumindest beschäftigte sie sich ausgiebig mit Gismo, während ich auf eine Lösung sann.

Dann kam Sarahs nächster freier Sonntag und mit ihm Conny, ihre beste Freundin. Wie Sarah arbeitete auch Conny in der Tierklinik, und wenn keine von ihnen sonntags Dienst hatte, futterten sie vom späten Vormittag bis in den frühen Nachmittag hinein und nannten das dann Sonntagsbrunch. Alle drei Wochen etwa war es so weit, und als ich bemerkte, dass Sarah begann alles einzudecken, stieg meine Laune beträchtlich. Ein Lichtblick, endlich! Neben Sarah, die ich heiß und innig liebte, hatte bislang eigentlich nur Conny meine Zuneigung gewinnen können. Sie liebte Katzen! Und mich, mich liebte sie ganz besonders. Als es klingelte und Sarah öffnete, stolzierte ich mit hoheitsvoller Grazie den Flur entlang, direkt Conny entgegen, was diese normalerweise begeisterte und in einem hinreißenden Austausch von Streicheleinheiten endete. Doch kaum hatte ich ihre Aufmerksamkeit überhaupt erhascht, kam mir Gismo in die Quere und stahl mir doch die ganze Show! Mein wohlvorbereiteter, sorgsam einstudierter Auftritt war geschmissen! Meine Laune sank auf Null. Natürlich begrüßte mich Conny dann auch noch, doch das reichte mir nicht. Auch nicht, dass sie mit der Hand auf den Platz neben sich tappte, wo ich mich normalerweise zum Kuscheln niederließ. Doch Gismo hechelte bereits auf ihrem Schoß herum, und mit dem wollte ich sie nicht teilen. Nein, niemals! Nicht auch noch Conny. Es wäre einfach nicht das Gleiche gewesen wie sonst. Ich wollte, was ich immer gehabt hatte – die volle, ungeteilte Aufmerksamkeit von Sarah und eigentlich auch von Conny, wenn sie schon mal da war!

Gismo, das blöde Vieh, lief indes zur Höchstform auf, holte Bällchen, machte Männchen, rannte hin und her und wirkte insgesamt wie ein kompletter Idiot, obwohl Sarah und Conny ihn hinreißend fanden. Ich muss sagen, die beiden hätte ich eigentlich für klüger gehalten. Wie konnten sie nur auf so einen lächerlichen Charmeur reinfallen! Hier musste sich etwas ändern, und zwar umgehend, beschloss ich. Ich wollte mein gewohntes Leben zurück. Und dafür gab es nur eine einzige Lösung: Dieser Hund musste weg! Allerdings durfte ich es nicht bei reinem Wunschdenken belassen, sondern musste aktiv werden. Denn von selbst löste sich das Problem nicht, wie mir inzwischen auch aufgegangen war. Auf dem obersten Plateau meines Kratzbaums meditierend, was für Menschen wie dösen aussieht, bekam ich mit, wie Gismo beim Bällchenholen mit flatternden Knickohren durch den Flur raste – und in seinem Übereifer doch glatt mein Klo umkippte. Schöne Sauerei, die Streu verteilte sich im ganzen Flur.

„Du bist mir schon ein Tollpatsch, Gismo“, sagte Sarah.

Sie war nicht wirklich böse mit ihm, nur ein ganz kleines bisschen genervt. Aber er bemerkte sofort die Veränderung seines Frauchens – Hunde sind ja so auf ihre Rudelführer bezogen, aus Katzensicht in geradezu sklavischer Abhängigkeit – und senkte nicht nur schuldbewusst den Kopf, sondern hob auch noch die gesunde Pfote an.
Ach was, dachte ich. So funktioniert das also. Sarah muss nur ein kleines bisschen die Stimme heben und unser Hundewelpe geht in Sack und Asche.
„Er ist eben noch sehr jung, da kann das schon mal vorkommen", ergriff Conny für ihn Partei.
„Klar", stimmte Sarah zu. „Und ein richtiges Temperamentbündel. Ruhig ist er nur im Tiefschlaf, und selbst da fiept er oft und rennt im Traum. Alle vier Pfoten zucken dann, und die Nase genauso."
„Du musst dich erst daran gewöhnen, Sarah", sagte Conny. „Katzen sind da viel geschickter und graziöser. Sie machen kaum mal was kaputt ..."
Woran das wohl lag? Ich döste weiter, und die einzelnen Informationen verdichteten sich immer weiter, bis langsam eine Idee Gestalt annahm.

„Stinker, deine Tage hier sind gezählt", teilte ich meinem aufgezwungenen Hausgenossen gleich am nächsten Morgen mit. Er sah mich nur staunend an.
Kurz bevor Sarah zu ihrer Mittagsrunde erschien, begab ich mich in die Küche. In einer Ecke war mein Futterplatz, in der anderen der Gismos. Jeder von uns hatte eine Scha-

le mit Trockenfutter und einen Wassernapf. Jetzt steuerte ich auf Gismos Futter zu.
„Bedien dich nur, Jacky", sagte der. Als würde ich Hundefutter essen! Eher würde ich Diät halten! Jetzt schlug ich mit einer Pfote in den Napf, dass die Frolic-Kringel herausflogen. Ich genoss es regelrecht, sie durch die Küche segeln zu sehen.
„Aber was machst du denn da?", fragte Gismo naiv, wie er war. Ich ließ mich nicht stören, machte so lange weiter, bis nur noch ein paar Frolics auf dem Schüsselboden lagen, dann verteilte ich die restlichen schön über die ganze Küche. Das machte direkt Spaß! Gismo stand noch immer mit diesem dümmlichen Gesichtsausdruck im Türrahmen. Schließlich nahm ich mir seinen Wassernapf vor. Gleiche Prozedur, und so sehr ich auch nasse Pfoten hasste, das Ergebnis meiner Bemühungen fand ich sehr zufriedenstellend. Der Küchenboden war übersät mit teilweise aufgeweichtem Trockenfutter, und es befanden sich auch noch ein paar recht ausgedehnte Pfützen dort. Schließlich gelang es mir sogar, den Wassernapf komplett umzukippen. Nun musste ich mich auf meinen Kratzbaum zurückziehen und mir die Pfoten putzen, während Gismo mit bekümmertem Gesicht durch die versiffte Küche tappte. Da hörte ich auch schon Sarah die Treppe heraufkommen. Sie sperrte auf, kam herein – und sah die Schweinerei.
„Gismo!", rief sie. „Was hast du denn angestellt? So eine Sauerei aber auch!"

Und – wie ich erwartet und so schlau berechnet hatte – ihr Tonfall erzeugte bei ihm automatisch Schuldgefühle! Ja, so konnte es funktionieren ...
Sarah ging mit ihm Gassi und putzte hinterher die Küche. Sehr gut war sie dabei nicht auf Gismo zu sprechen. Der bettelte um ihre Zuneigung, bekam aber nur noch einen weiteren Tadel, als er mit seinen Pfoten auf dem frisch geputzten Küchenboden deutliche Spuren hinterließ.
„Warum hast du das gemacht, Jacky?“, frage er mich später. „Sarah denkt, ich hätte das getan“, jammerte er.
„Kluges Kerlchen“, entgegnete ich ironisch.
„Was hast du denn?“, fragte er ganz verschüchtert.
„Gismo“, sagte ich. „Geh in deinen Korb, geh nach Nepal oder geh von mir aus ganz einfach verloren, aber lass mich in Ruhe, okay? Ich bin kontemplativ drauf, und wenn ich das bin, hältst du die Schnauze!“
Ich hatte ganz schön gefaucht, und er zuckte erschreckt vor mir zurück. Eins zu null für mich.

Ein paar Tage später wartete ich, bis ich Sarahs Wagen und dann das Aufsperren der Haustür hörte. Es war Freitag, und das bedeutete, sie würde mindestens zwei Einkaufstaschen herauftragen. Ideales Timing. Ich sprang auf den Sessel und von da aus auf den Beistelltisch. Gismo war schon Richtung Wohnungstür unterwegs, um Sarah zu begrüßen. Auf dem Beistelltisch befand sich eine überaus scheußliche, aber angeblich teure Porzellanfigur, die in erster Linie als Staubfänger diente. Was sie eigentlich darstellen sollte, blieb für alle Zeiten ein Rätsel, denn dies war ihr von mir geplantes Ende. Mit einem kraftvollen Stoß katapultierte ich sie vom Tisch. Gismo zuckte erschreckt zusammen, als er hörte, wie das Teil krachend in Scherben ging.

Drei Sätze genügten mir, um mich auf meinem Kratzbaum in Sicherheit zu bringen, aber Gismo, der Trottel, rannte natürlich sofort ins Wohnzimmer und betrachtete den Scherbenhaufen.

„Oh mei, Jacky, da wird Sarah aber böse sein, wenn sie das sieht“, jammerte er gerade, als die Tür aufgeschlossen wurde.

„Ja, genau, Gismo, das wird sie. In 10 – 9 – 8 – 7 – 6 –“

Noch bevor ich bis eins runtergezählt hatte, erblickte Sarah den Scherbenhaufen.

„Oh nein, Gismo!“, rief sie, und schlagartig setzte wieder sein Schuldgefühl-Reflex ein. Er saß in geduckter Haltung vor den Scherben und hechelte, was das Zeug hielt. „Was hast du denn da wieder angestellt! Das war ein Erbstück von Tante Mathilde!“

Ah ja, jetzt wusste ich wenigstens, wo es hergekommen war. Ein Erbstück von Tante Mathilde. Das hatte ich nicht gewusst.

„Ich war es nicht!“, bellte Gismo. Seine Stimme war hoch und schrill. „Wirklich nicht!“

„Das glaubt sie dir nie-hie-hie“, miaute ich zufrieden und ein bisschen hämisch. Dieser Hund war aber auch wirklich zu dusslig!

„Jacky, das ist verdammt gemein von dir!“, kläffte er mich jetzt mit der ganzen Wut an, die er aufbringen konnte. Dabei stand er kurz davor, in Tränen auszubrechen.
„Gismo!“, rief Sarah und sah jetzt wirklich sehr verärgert aus. „Lass Jacky in Ruhe! Sie hat dir überhaupt nichts getan!“
Jemand war hier ganz eindeutig auf der Verliererstraße.

Allmählich begann mir meine Bosheit Spaß zu machen. Natürlich wusste ich schon seit langem, wie man den Schuhschrank im Flur öffnete. Sarah wusste aber nicht, dass ich es wusste, und als sie an einem Samstag mit Conny zum Einkaufsbummel aufbrach, machte ich mich ans Werk. Ich räumte den Schuhschrank aus. Gismo versuchte mich davon abzubringen, gab aber nach einem saftigen Pfotenhieb auf seine Nase auf und verkroch sich hinters Sofa. Und ich machte mich daran, die Schuhe zu zerbeißen, genau wie junge Hunde das gerne tun. Und natürlich klappte die Aktion. Niemand hatte jemals davon gehört, dass Katzen Schuhe zerbeißen. Ergo konnte es nur der Hund gewesen sein. Diesmal wurde Gismo wirklich tüchtig ausgeschimpft. Hinterher war Sarah den ganzen restlichen Tag mehr oder weniger abweisend ihm gegenüber.
Und Gismo? Der hatte mittlerweile richtig Angst vor mir. In dem Moment, wo Sarah die Wohnung verließ, fing er an zu zittern.
„Warum hasst du mich nur so, Jacky?“, wollte er wissen.

„Ganz einfach. Sarah und ich gehören zusammen. Du bist hier eingedrungen, und du saugst ihre ganze Aufmerksamkeit auf wie ein großes Schwarzes Loch! Darum geht es! Und deshalb will ich dich loswerden, Gismo!“
Er schlich in seinen Korb und legte den Kopf auf die Vorderpfoten. Schließlich setzte ich zum Finale an. Meine Attacke war sorgfältig geplant und ein wahres Meisterwerk der Kriegsführung.
Ich wartete, bis ich hörte, dass Sarah unten vor dem Haus aus ihrem Auto stieg. Gismo schlurfte wie immer Richtung Tür, und ich sprang ihm gezielt auf den Rücken und krallte mich fest. Er jaulte auf, mehr vor Schreck als vor Schmerz, zumindest nahm ich das an.
„Hilfe!“, fauchte ich, so laut ich konnte.
„Was? Was?“, bellte er
„Idiot!“, schrie ich. „Du bist doof und du stinkst!“
„Was fällt dir ein?!“, er drehte sich zu mir und hatte sein Begrüßungsritual offenbar ganz vergessen. „Ich stinke nicht!“
„Natürlich stinkst du! Komm her, wenn du dich traust!“, rief ich in voller Lautstärke. Dieser Hund weckte die schlummernde Kampfkatze in mir. Mit wenigen Sätzen rettete ich mich auf meinen Kratzbaum. Und Gismo kam mir hinterher gewetzt, streckte sich hoch, was seine bescheidene Körperlänge hergab. Ich hörte, wie Sarah ihre Schritte beschleunigte. Gismo hörte es nicht. Er war zu aufgeregt. Jetzt kläffte er aus Leibeskräften, und wieder einmal hatte ich ihn genau da, wo ich ihn haben wollte.

Sarah öffnete die Tür und sah nur, wie Gismo zu mir heraufkläffte und dabei hochsprang wie ein Gummiball. Ich kauerte mich zusammen und duckte mich auf der obersten Plattform. Das wirkte auf Sarah total verängstigt und verschreckt. Und genau das sollte es auch.
„Jetzt reicht es aber, Gismo!“, donnerte Sarah los. Dann packte sie ihn am Nackenfell, was ihn endgültig einschüchterte. Er quietschte erschreckt auf. „Was fällt dir ein, Jacky zu jagen?! Das geht entschieden zu weit, mein Freund!“
Das war der endgültige Sieg. Ich blieb noch eine Weile oben, zitternd und bebend und ganz offensichtlich das arme, bedauernswerte Opfer dieses gefährlichen Hundes. Dann genoss ich meinen Triumph, während Gismo das Weite suchte. Später an diesem Abend telefonierte Sarah mit Conny. Ich thronte auf ihrem Schoß und genoss ihre ungeteilte Aufmerksamkeit. Wie früher! Wenn nur dieser Hauch von einem schlechten Gewissen nicht gewesen wäre, doch den verdrängte ich nach Kräften.
„Es geht einfach nicht“, sagte Sarah zu Conny. „Jetzt hat er sogar Jacky gejagt, kannst du dir das vorstellen? Meine arme Kleine ist total verstört. Ja, ich verwöhne sie jetzt erst mal ein bisschen!“
Ich schnurrte begeistert, und Sarah wurde nicht müde, mein Bäuchlein zu kraulen, hm, das mochte ich am liebsten! Währenddessen sprach sie weiter. „Was ich machen werde? Ich muss ihm wohl einen anderen Platz suchen. Und bis dahin werden die beiden getrennt.“ Na, das klang

doch wunderbar! Und so kam es dann auch. Sarah verbrachte den Samstagnachmittag damit, Zettel zu drucken, die ein Bild von Gismo zeigten und besagten, dass er in gute Hände abzugeben war.
„Die werde ich in der Praxis auslegen", sagte sie seufzend. Sein mitleiderheischender Blick, ihre traurigen Augen, ich machte, dass ich auf meinen Kratzbaum kam. Hoffentlich war er bald weg und mein schlechtes Gewissen auch. Doch nein, kein Mitleid, meine Sarah gehörte nur mir allein!

Als Conny am folgenden Sonntagvormittag zum Brunch erschien, war die Stimmung doch etwas gedrückt. Natürlich wurde ich auch von Conny ausgiebig bedauert. Doch auch Gismo fand vor ihrem strengen Auge Gnade.
„Es ist schon irgendwie schade", sagte sie zu Sarah. „Das hätte alles so schön gepasst, wo er doch wirklich ein so süßer ist! Aber Jacky ärgern? Das geht gar nicht! Du findest bestimmt einen guten Platz für ihn."
„Ja, klar", meinte Sarah. „Aber es ist schon irgendwie traurig. Ich hatte so gehofft, dass die beiden sich aneinander gewöhnen. Als uns die Leute von der Müllabfuhr Gismo in die Praxis gebracht haben, hat er mich so an Jacky erinnert. Sie war ja damals auch einfach so ‚entsorgt' worden."
„Ich werde nie verstehen, wie Leute so was tun können", sinnierte Conny und sah mich an. „Ja, Süße, am Anfang hatten wir tüchtig Sorge, ob wir dich überhaupt durch-

bringen, Jacky. Und heute? Bist du eine so hübsche, gesunde Katze geworden, fein gemacht! Willst du noch ein Leckerli?" Conny überschlug sich fast und Sarah steckte mir ein Stückchen Leberwurst zu. Doch meine Aufmerksamkeit war geschwunden, irgendwo in meinem Inneren schwang knarrend eine Tür auf, Erinnerungen drängten heraus und wollten ihren Weg in mein Bewusstsein finden. Ich versuchte sie zurückzudrängen. Meine bewussten Erinnerungen hingen alle mit Sarah und vielleicht noch mit Conny zusammen. Was davor gewesen war, daran konnte ich mich nicht erinnern. Oder vielleicht wollte ich es nicht?

Sarah und Conny plauderten weiter. „Vielleicht macht Gismo ja auch Probleme, weil er ohne andere Hundewelpen aufwächst", überlegte Conny.

„Aber Jacky war auch die einzige Katze. Sie hat ihre Geschwister und auch ihre Mutter nie kennengelernt. Und trotzdem zeigt sie ein ganz normales soziales Verhalten", sagte Sarah im Brustton der Überzeugung.

Mir wurde ganz heiß im Fell, als hätte ich Fieber. Und dann brachen die Erinnerungen wie eine Springflut über mich herein. Da war Dunkelheit, ein fast erstickender Gestank und Hitze. Die Sonne hatte den ganzen Tag auf den dunkelgrauen Müllcontainer heruntergebrannt, und obwohl es mir gelungen war, mich aus der Plastiktüte zu befreien, die wohl dazu gedacht war, mich langsam und qualvoll ersticken zu lassen, saß ich fest. Die Erinnerungen wurden fast übermächtig, die Angst, diese furchtba-

re Angst, nie mehr aus dieser glühend heißen und stinkenden Tonne herauszukommen, qualvoll verhungern zu müssen, dazu der brennende Durst! Das war meine allererste Erinnerung. Kein gemütliches Saugen an Mamas Zitze, kein Kuscheln mit Wurfgeschwistern. Meine erste Erinnerung bestand aus Todesangst und Verzweiflung, aus quälendem Durst, Schwäche und völliger Einsamkeit. Damals war mir klar gewesen, dass mein Leben vorbei war, bevor es noch richtig begonnen hatte.
„Jacky, was hast du denn?“ Conny spürte mein Zittern. Ich musste mich ganz fest an sie drücken. „Sie zittert ja wie verrückt.“ Ich schaffte es mit bebenden Pfoten auf ihren Schoß zu klettern. Dort rollte ich mich zusammen.
„Jacky hat es damals so toll überwunden. Sie ist die wundervollste Katze, die man sich nur wünschen kann“, sagte Sarah und zog mich mit einem festen Griff auf ihren Schoß hinüber. Ihre Worte machten mich stolz. „Deshalb dachte ich, diese beiden Mülltonnenfindlinge würden miteinander klarkommen und bei Gismo würde es genauso gut laufen. Aber es hat keinen Sinn. Ich hoffe nur, dass wir bald einen Platz für ihn finden.“
Während Gismo leise unter dem Tisch winselte, beruhigte mich Sarahs streichelnde Hand zusehends. Als ich endlich wieder einen klaren Gedanken fassen konnte, wurde es mir bewusst: Was hatte ich da nur angestellt! Wir teilten ein Schicksal, Gismo und ich, aber in meinem himmelschreienden Egoismus hatte ich nur an mich gedacht. Nicht ein einziges Mal war mir auch nur der Ge-

danke gekommen, dass er ein gutes, liebevolles Zuhause genauso sehr brauchen konnte, wie ich es brauchte. Immerhin hatte Sarahs beständige Liebe und Zuwendung meine seelischen Wunden verheilen und mich mein Trauma vergessen lassen ... bis heute.
„Gismo, es tut mir leid“, flüsterte ich. „Ich war ja so ein Scheusal! Bitte verzeih mir!“
„Aber klar, Jacky“, sagte er mit tonloser Stimme. Natürlich konnte er mir nicht so leicht verzeihen. Er druckste eine Weile herum, ehe er leise sagte:
„Du wolltest mich von Anfang an loswerden, Jacky. Und es ist dir gelungen. Vielleicht sind Katzen ja wirklich schlauer als Hunde. Ist jetzt auch egal.“
Nein, das war es nicht. Es war alles andere als egal. Ich hatte ihm diesen Schlamassel eingebrockt, und ich musste es auch wieder in Ordnung bringen. Im Grunde genommen hatte er mir ja überhaupt nichts getan! Vom ersten Tag an hatte er ganz selbstverständlich meine älteren Rechte akzeptiert. Er war nett und freundlich gewesen, und ich hatte ihm diese bösen Streiche gespielt, um ihn loszuwerden, weil ich zu kleinherzig war, seine Situation zu sehen. Ich hatte Sarah wieder ganz für mich allein haben wollen, und dazu war mir jeder noch so miese Trick recht gewesen.
„Rück mal“, sagte ich und sprang von Sarahs Schoß runter. Dann machte ich mich so dünn wie möglich, um mit in seinen Korb zu passen, der für ihn allein fast schon zu eng war.

„Wie du willst, Chefin", sagte er resigniert und ohne mich anzusehen. „Ist jetzt auch schon egal." Er rückte beiseite und ich dicht an ihn ran. Er müffelte nach Hund, trotzdem, mein Mitgefühl siegte.
„Sieh mal, es scheint ja auch noch andere Gefühle zwischen den beiden zu geben", sagte Conny, als sie uns da nebeneinander liegen sah. „Vielleicht solltest du den beiden einfach ein bisschen mehr Zeit geben, damit sie sich aneinander gewöhnen können."
Beide schauten ganz gerührt zu, wie ich anfing, Gismos Kopf zu putzen. Der Geschmack war eindeutig gewöhnungsbedürftig, aber mein guter Wille half mir darüber hinweg. Okay, eine Portion Schuldgefühle spielte auch mit.
„Hör zu, Gismo", sagte ich. „Selbstverständlich sind wir Katzen klüger. Und genau deshalb werde ich auch dafür sorgen, dass die Sache gut ausgeht. Es gibt ein Happy End für dich. Pfote drauf!"

Am nächsten Morgen wurden die Reviere geteilt. Gismo bekam Küche und Flur, ich das Wohn- und Arbeitszimmer. So konnte Sarah beruhigt zur Arbeit gehen. Ihre Mittagspause wurde jetzt noch stressiger, denn sie musste sich ja, außer mit Gismo Gassi zu gehen, auch noch nach mir umsehen. Aber sie machte es ganz gut, und wenn sie abends heimkam und die Reviertrennung aufhob, fielen wir wie ein Hollywood-Liebespaar übereinander her und konnten uns vor Schmusen und Liebhaben gar nicht

mehr beruhigen. Von da an waren wir jeden Abend und die ganze Nacht zusammen. Und irgendwann stellte ich erstaunt fest, dass es gar kein Spiel mehr war. Ich freute mich regelrecht auf Gismos Gesellschaft, auf seine tapsige Art, mir alles recht machen zu wollen. Da unsere beiderseitigen Körbe zu eng waren, bezogen wir den Sessel als gemeinsamen Schlafplatz. Die Situation entspannte sich, und es gab natürlich keine Zwischenfälle mehr, die Gismo in ein schlechtes Licht gebracht hätten.
Nach ungefähr zwei Wochen brachte Sarah die Zettel wieder mit heim. „Gut", sagte sie zu uns. „Wir versuchen es einfach noch einmal." Ich gab Gismo Kopfstupser, er leckte mir dafür mit seiner Schlabberzunge über den Rücken.
Am nächsten Morgen wurde die Reviertrennung aufgehoben, Sarah ließ einfach die Türen offen. „Ich verlasse mich darauf, dass ihr beiden klarkommt, während ich im Dienst bin", sagte sie zum Abschied.
„Na, was sagst du nun?", fragte ich ihn nach unserem gemeinsamen Frühstück.
Er sah mich mit diesem hingebungsvollen Blick an, der mich anfangs schier zur Weißglut gebracht hatte.
„Du bist einfach phantastisch, Jacky!", sagte er voller Inbrunst.
„Weiß ich, Gismo", sagte ich. „Aber du bist auch nicht schlecht!"
Den letzten Satz sagte ich sicherheitshalber ein bisschen leiser. Aber ich fürchte, dass Gismo ihn trotzdem gehört hat.

OSKAR GEHT ZUM ZIRKUS

Niesend kullerte ich aus dem Heuhaufen, in dem ich mit meinen zahlreichen Geschwistern geboren und aufgezogen worden war. Heute, so hatte ich beim Aufwachen entschieden, würde ich auf eigenen Pfoten die nähere und vielleicht auch weitere Umgebung erkunden. Die Zeit des Rumliegens war vorbei, der Heuhaufen alles andere als kuschelig und meine Mama mit meinen Geschwistern viel zu beschäftigt, als dass sie bemerkt hätte, wie ich mich davonschlich. Mal sehen, wie weit meine Energie und mein Mut reichten. Und wann der Hunger mich zurück an Mamas Zitze treiben würde. Abenteuerlustig tapste und stakste ich durch die Scheune. Staub und winzige Partikel von Stroh tanzten in den Sonnenstrahlen, die von der Dachluke aus einfielen. Ich hatte schon ungefähr ein Viertel der Scheune durchquert, als sich knarrend die Tür öffnete. Der Bauer kam. Er war der einzige Mensch, den ich kannte, doch heute war er nicht allein. Ein großer Mann mit Schlapphut begleitete ihn.

„Na, was haben wir denn da", sagte der Bauer und hob mich hoch. Ich hielt ein Quieken zurück. „Das ist der Frechste aus dem ganzen Wurf", sagte er zu dem Fremden. „Immer mit der Nase vorne dran. Gesund ist er auch.

Frisst wie ein Scheunendrescher. Aber sehen Sie sich ruhig erst die anderen an.“ In der riesigen Pranke des Bauern wurde ich zurück zu meinen Geschwistern befördert. Jähes Ende eines Abenteuers. Ein paar Sekunden herrschte Schweigen.

„Nein, geben Sie mir den Rotgetigerten“, sagte der Mann schließlich. „Ich will einen, der mir die Mäuse fängt. Alles andere spielt keine Rolle, und Schönheit ist nicht entscheidend. Soll nur ein guter Jäger sein, mehr verlange ich nicht.“ Jäger? Ich? Das klang nach Abenteuer! Er packte mich ein wenig zu fest, dann gingen wir hinaus und zu einem Auto.

„Gute Jäger sind sie alle. Ist doch ihr Instinkt“, versicherte der Bauer dem Schlapphutmann, und bevor ich so recht wusste, wie mir geschah, fand ich mich auf dem Rücksitz des Wagens wieder. Der Schlapphutmann setzte sich hinters Steuer. Was bedeutete das denn jetzt? Wo waren meine Geschwister? Und wo verflixt noch mal war Mama? Einen Moment lang war ich vor Angst völlig aus dem Häuschen, dann überwand meine sprichwörtliche Neugier die aufkommende Panik und eine leichte Leere in der Magengegend, Vorbote von Kohldampf. Ich stellte mich auf die Hinterpfoten und stemmte mich hoch, bis ich den Kopf auf Fensterhöhe hatte, um hinausschauen zu können. Viel Landschaft da draußen. Ein paar Kühe, noch mehr Wiese und ein Dorf. Dann hielten wir auch schon an, und der Schlapphutmann packte mich ziemlich grob im Nacken und hob mich aus dem Auto. Ich sah mich um. Wir waren auf einem großen Gelände mit mehreren flachen Gebäuden. In einer Ecke lagen diverse Metallteile herum, die wie Teile von Autos aussahen. Am anderen Ende befand sich ein Wohnhaus, das keinen sehr einladenden Eindruck machte. Die eine Längsseite des Grundstücks führte ein Stück an einer großen Straße entlang, während die andere an ein Brachgrundstück anschloss. Der Schlapphutmann stieß einen Pfiff aus und ging zu einem der flachen Gebäude. Verdattert folgte ich ihm. Unter einer Rampe, an der Lkws beladen wurden, stand eine Holzkiste mit einer Öffnung, in der ein paar muffig riechende alte Wolldecken lagen.

„Das ist dein Platz, hier kannst du schlafen“, sagte der Schlapphutmann. Neben der Holzkiste stand eine flache, leere Konservendose mit Wasser, das ein bisschen nach Brathering roch und auch so schmeckte. Die Dose war mit ein paar Steinen beschwert und an den Rändern schon ziemlich rostig. Ich suchte nach einem Futternapf, aber da war nichts! Mit großen, hungrigen Augen blickte ich zum Schlapphutmann auf. Der schien meine Gedanken lesen zu können. „Fang dir was. Wenn du essen willst, musst du was tun dafür!“, sagte er nicht sehr nett. „Hier gibt es reichlich Mäuse und vermutlich auch ein paar Ratten. Deshalb bist du hier. Es ist dein Job, die zu fangen. Alles, was du fängst, gehört dir.“ Damit drehte er sich um und ging davon. Na, das war ja eine tolle Begrüßung!

Natürlich gab es Mäuse auf dem Grundstück, das konnte man nicht bestreiten. Aber ich war noch im Wachstum, nicht einmal neun Wochen alt, und Wachsen braucht eine Menge Energie, die ich nicht hatte. Außerdem hatte ich zwar durchaus den Instinkt zu jagen, jedoch fehlte es mir noch gewaltig an Erfahrung. Und hier war niemand, der mir beibringen konnte, wie man das überhaupt machte: Mäuse fangen. Ich bemühte mich wirklich nach Kräften, allein es gelang mir nicht. Am Nachmittag des nächsten Tages hatte ich immer noch keine einzige Maus gefangen, entsprechend schwach war ich auf den Pfoten. Ich schlich zum Wohnhaus. Mäuse fangen gut und schön, aber wenn er merkte, wie jung ich noch war, würde er mir sicher etwas zu fressen geben, hoffte ich. Ich machte mich bemerkbar, mit unangenehmen Folgen.
„Du hast hier nichts verloren!“, schrie er aus dem Fenster. „Da drüben ist dein Platz, auf dem Betriebsgelände. Fang Mäuse, dafür bist du da!“ Dann knallte er das Fenster zu, dass die Scheiben nur so klirrten. Eine Weile wartete ich, dann trottete ich zurück. Da hatte ich es ja ganz hervorragend getroffen. Ich wünschte, ich hätte mich ganz weit hinten im Heuhaufen versteckt, als der Typ auf den Bauernhof gekommen war. Warum musste ich auch so vorwitzig auf Erkundung gehen wollen, das hatte ich nun davon! Meine Wurfgeschwister lagen sicher noch bei Mama und nuckelten selig ihre Milch. Doch für Reue war es jetzt zu spät. Geknickt schlich ich in meine Holzkiste zu den muffigen Decken. Ich fing zwei einsame Motten, die ver-

suchten, Asyl in den alten Schlafdecken zu finden, außerdem eine Spinne, doch davon wurde ich nicht satt. Im Gegenteil, mein Magen fing erst so richtig zu knurren an. Ich konnte nur hoffen, dass eine Maus mit Selbstmordabsichten sich mir zum Fraß vorwerfen würde. Aber keine tat es. Warum sollten sie schließlich auch.

Als ich aufwachte, heulte draußen ein eisiger Wind. Ich fühlte mich allein und ich war es auch. Die Kälte kroch durch den löchrigen Holzboden in meine Knochen. Als es dann auch noch zu regnen begann, hätte es eigentlich nicht mehr schlimmer kommen können. Meine Knie waren vor Hunger so zittrig, dass ich mich kaum auf den Pfoten halten konnte. So sollte ich Mäuse fangen? Oh je! Aber ich musste es versuchen, sonst würde ich elend verhungern. Dieser Schlapphutmann kannte keine Gnade, dem traute ich sogar zu, dass er mich irgendwo verscharrte und sich das nächste arme Katzenkind holte.

Die nächsten Wochen hatte ich eigentlich immer Hunger. Obwohl ich tatsächlich die eine oder andere Maus erwischte, verbrauchte ich bei der Jagd mindestens genauso viel Energie, wie ich mir anschließend gierig und halb verhungert in die Wampe haute, was so noch nicht einmal stimmt, denn ich war dünn wie ein Besenstil, und von einem Bauch konnte bei mir gar keine Rede sein. Vom Schlapphutmann war nichts zu erwarten; gerade mal, dass er mir alle paar Tage meinen Wassernapf auffüllte, aber mehr auch nicht. Ein paar Mal schlich ich nachts, wenn alle Lichter im Haus gelöscht waren, auf sein Grundstück. Auf dem Komposthaufen fand ich manchmal ein Stück vertrockneten Käse, einmal auch etwas Wurst, aber von der war mir anschließend drei Tage lang schlecht. Warum ich nicht wegrannte? Weil ich nicht wusste, wohin. Falls ich den Weg zurück zum Bauern und meinen Geschwistern gefunden hätte, würde der wahrscheinlich den Schlapphutmann anrufen, damit er mich zurückholte. Und sonst? Wo konnte ich schon hin? Wenigstens wurde das Wetter besser, vor allem wärmer. Kälte ist nun wirklich nichts für uns Katzen. Es wurde Juni, die Sonne schien, und ich glaubte schon, das Schlimmste hinter mir zu haben, als ich mir während der Eisheiligen fürchterlich was wegholte. Blitzartig stürzten die Temperaturen ab, ich nieste wie verrückt, dazu der Wind, der durch die Ritzen meiner Kiste zog. Wenn ich das überstand, so schwor ich mir in dieser grauenvollen Nacht, dann musste ich mein Leben endlich selbst in die Pfoten nehmen.

Wie durch ein Wunder überstand ich die Nacht und nicht nur das, ich erholte mich dank meiner Jugend und trotz meines durch den Hunger geschwächten Gesundheitszustandes sogar einigermaßen rasch. Kaum wieder auf den Pfoten, passierte etwas, das mein Leben von Grund auf veränderte. Alles begann mit merkwürdigen Geräuschen. Dann kamen die Gerüche. Seltsame, auf unerklärliche Art aufregende Eindrücke. Das Trappeln von Hufen und Menschen, Lachen, der Geruch von Sägespänen und irgendwelchem Zuckerkram. Und überhaupt, eine spannende, interessante Atmosphäre lag über dem ganzen Ort. Was ging da vor? Ich musste es herausfinden. Also schlich ich mich in einem unbeobachteten Moment durch das Tor des Geländes und sauste los. Wenn man sich das Dorf wie einen Kreis vorstellt, hatte ich es zu ungefähr einem Viertel umrundet, bis ich die Ursache der Aufregung erkannte: Ein riesiges Zelt wurde auf dem Dorfplatz aufgebaut, Dutzende von großen Wohnwagen standen darum drapiert, und jede Menge Menschen wirbelten durcheinander.

„Der Zirkus ist da!“, plärrte ein kleiner Steppke und trat fast auf mich drauf. Ein Zirkus? Noch hatte ich keine wirkliche Vorstellung davon, was das sein sollte. In meinem Revier gab es so etwas schließlich nicht. Auch niemanden, der mich darüber aufklärte, was sonst noch in der großen, weiten Welt passierte. Nun also ein Zirkus.

„Haben die auch wilde Tiere?“, hörte ich ein kleines Mädchen fragen. Mittlerweile war ich bei einer Gruppe Menschen angekommen, die dem Treiben mindestens so gespannt zuschauten wie ich.

„Sicher, mein Schatz, fast jeder Zirkus hat auch wilde Tiere. Die machen dann die Kunststücke, die du so magst!“

Na, Papa legte sich aber tüchtig ins Zeug. Doch noch war die kleine Dame nicht zufrieden.

„Gibt es da auch einen Clown?“, fragte sie.

Papa bejahte und erklärte zu meiner großen Freude danach in aller Länge, Breite und Ausführlichkeit, was dieser Zirkus so alles zu bieten hatte. Seine kleine Tochter lauschte ganz gespannt, und ich tat es auch. Währenddessen bauten die Zirkusleute weiter an ihrem Zelt herum, in dem sie – das hatte ich ja gerade gelernt – später auftreten würden. Mit ihren dressierten Tieren und anderen Kunststückchen, zur Unterhaltung und Begeisterung der Zuschauer. Mein Herz schlug einen dreifachen Trommelwirbel. Das war – das war ganz einfach himmlisch! Schüchternheit gehört nun nicht gerade zu meinen hervorstechenden Wesenszügen, und so ging ich einfach los, um den Zirkus zu erkunden. Aus einem der Transportanhänger erklang ein scharrendes Geräusch wie von Hufen. Bestimmt waren da die edlen Dressurpferde drin! Ich marschierte mutig hinein und sah mich um. Die Huftiere entpuppten sich als vier Esel. Gerade als ich mich mit ihnen bekanntmachte, betrat ein älterer Mann den Wagen. Er brachte einen Wasserschlauch und einen Ballen Heu mit.

„Na, wen haben wir denn da?“, fragte er freundlich lächelnd. „Du bist aber ein hübscher Kater! So ein schönes rot-getigertes Fell habe ich schon lange nicht mehr gesehen.“ Er legte seine Sachen ab und bückte sich, um mich zu streicheln. „Und ich bin Bobo. Ich bin hier der Clown, trainiere die Tiere und mache auch sonst noch alles mögliche.“ Ein Mensch, der sich einem Tier vorstellt? Ich war restlos begeistert! Und ich mochte Bobo auf Anhieb! Er hatte offenbar keine Probleme, Tiere zu verstehen. Ich rieb mich an seinen Beinen, gab Köpfchen und genoss seine Streicheleinheiten.

„Angeber“, ließ sich einer der Esel vernehmen. „Mach

dich bloß nicht so wichtig. Katzen wie dich gibt es wie Sand am Meer. Wo bleibt unser Heu?“

„Ja ja, meine Lieben, ich bin ja schon dabei“, sagte Bobo und verteilte das Heu in der Raufe. Dann tränkte er die Tiere und mistete den Stall aus. Der Mist flog durch die offene Tür und landete dort in einem Schubkarren. Bobo war fertig und setzte seine Runde fort. Ich heftete mich an seine Fersen und lernte nacheinander auch noch die anderen Mitglieder des Zirkus Bellasani kennen. Acht Ponys, drei Minischweine, kaum größer als ich, die einander zum Verwechseln ähnlich sahen, etwa zehn Graugänse, die immerzu in Bewegung waren, und Helene, das Hängebauchschwein. Sie war der Star, weil sie das einzige exotische Tier des Zirkus war.

„Ich komme nämlich nicht von hier“, erklärte sie mir mit hocherhobener Schnauze. Daran hingen ein paar geknickte Strohhalme, was ihrer Würde jedoch keinen Abbruch tat. „Alle anderen hier sind heimische Tierarten“, meinte sie. Ich war mir zwar nicht sicher, ob das so stimmte, zumindest was die Ponys anging, aber ich wollte Helene auch nicht kränken, deshalb nickte ich einfach nur.

Bobo ging weiter und ich marschierte mit ihm. Er schien es zu bemerken, ohne sich aber daran zu stören. Als er die Stufen zu seinem Wohnwagen hinaufstieg, folgte ich ihm einfach. Im Inneren war es sehr gemütlich und roch ... einfach köstlich! Eine sehr rundliche kleine Frau stand in der Kochecke und brutzelte etwas. Sie drehte sich um und begrüßte Bobo. Dann sah sie mich.

„Na, wen haben wir denn da? Du siehst aber hungrig aus“, stellte sie fest und strich mir über den Kopf. Eine nette Person, fand ich, sehr nett. Und wenn sie mir jetzt noch etwas zu futtern geben würde, wäre die Situation perfekt. Wer einmal Maus probiert hat, weiß, dass man davon vielleicht überleben kann, ein Hochgenuss ist es jedoch nicht gerade. Während ich noch um ihre Beine strich, vielleicht auch um sie ein bisschen gnädiger zu stimmen, erzählte Bobo ihr, dass ich einfach aufgetaucht war.
„Ach, dann wird sie wohl Hunger haben!“, stellte Margret, wie er sie nannte, sachlich fest.
„Er!“, lachte Bobo. „Er ist ein Kater!“
Gut aufgepasst, dachte ich. Noch mehr freute ich mich aber über das Hackfleisch, das mir Margret gerade in einem Schälchen hinstellte.
„Hier, mein Kleiner, lass es dir schmecken!“
Ich versuchte meinen Hunger zu zügeln und nicht so zu schlingen, doch es gelang mir nicht. Das war meine beste Mahlzeit überhaupt!
Die beiden setzten sich in die Essnische ihres Wohnwagens und begannen ebenfalls zu essen. „Er wird vermutlich wieder verschwinden“, sagte Margret und wies mit dem Kopf in meine Richtung. „Bestimmt gehört er jemandem aus dem Dorf.“
„Ja, wahrscheinlich war er einfach neugierig und will sich hier umsehen. Bestimmt geht er danach wieder heim“, vermutete nun auch Bobo.
Ich leckte mir den letzten Rest des köstlichen Hack-

fleischaromas von den Schnurrhaaren. Heim? Ich? Freiwillig? Niemals! Doch wie sollte ich den beiden klarmachen, dass ich noch zu haben war? Der Schlapphutmann sollte davon vielleicht besser nichts mitbekommen, aber zog dieser Zirkus nicht irgendwann weiter? Ich hatte kein Heim! Nichts, was diesen Namen auch nur ansatzweise verdiente. Und nach allem, was ich hier gesehen hatte, stand für mich ohnehin fest, dass ich zum Zirkus wollte!

Der Zirkus Bellasani blieb für eine Woche im Dorf, und in dieser Zeit verließ ich das Grundstück, auf dem das Zelt und die Wohnwagen standen, nicht ein einziges Mal. Ich zeigte Präsenz! Der Schlapphutmann war mir egal, und hier suchte er auch nicht nach mir. Vermutlich, so mein Verdacht, suchte er gar nicht, sondern hatte sich längst einen Ersatzmäusefänger besorgt. Und von den Zirkusmenschen, besonders von Bobo und Margret, bekam ich Aufmerksamkeit ohne Ende. Und Futter! Endlich musste ich nicht mehr hungern, nicht mehr mit knurrendem Magen einschlafen und vom Zwicken in den Eingeweiden aufwachen. Außer Bobo und Margret, die vor jeder Vorstellung an der Kasse Tickets verkaufte, den Imbiss während der Pausen betrieb und außerdem sogar die Kostüme schneiderte, lernte ich auch noch Fernando, Pietro und Magdalena kennen, die Akrobaten des Zirkus, die etliche der Hauptattraktionen jeder Vorstellung bildeten. Und natürlich Arthur, den Zirkusdirektor, der die einzelnen Nummern während der Vorstellung ansagte. Dazu war er festlich in Frack und Zylinder gekleidet. Außerhalb der Vorstellungen kümmerte er sich um die Technik und Verwaltung von Bellasani. Mit den anderen Tieren kam ich gut zurecht, selbst mit Jordan und Max, den beiden Pitbulls der Akrobatengruppe, obwohl ich am Anfang ganz schön Angst vor den beiden hatte. Es stellte sich jedoch schnell heraus, dass diese abschreckende Wirkung beabsichtigt war, denn die beiden fungierten zusätzlich als Wachhunde des Zirkus und ersparten dadurch, wie Arthur gerne sagte, teure Schlösser an den Wagen und eine noch teurere Alarmanlage.

Schnell hatte ich mich an den täglichen Ablauf des Zirkuslebens gewöhnt. Vormittags wurde geprobt, geübt, trainiert und verbessert. Hier war auch Zeit für notwendige Reparaturen. Mittags war die erste Vorstellung, die meist von Kindern besucht war, anschließend wurde das Zelt aufgeräumt und die Manege geharkt, dann war Ruhe bis zur Abendvorstellung. Jede Vorstellung wurde von einer Pause unterbrochen, während der sich die Besucher die Tiere aus der Nähe ansehen konnten. Ich fand, ich war für dieses Leben wie geschaffen. Alles hatte seine Ordnung, jedoch gab es auch einen gewissen Trubel durch das ständige Kommen und Gehen der Besucher. Und überhaupt liebte ich die Atmosphäre! Schon allein die Musik, selbst wenn sie vom Band kam, die Scheinwerfer, die Manege ... ich hatte buchstäblich mein Herz an den Zirkus verloren. Mir war völlig klar, dass ich hier nicht mehr weg wollte. Und Bobo und Margret war das offensichtlich auch klar, denn ich war inzwischen bereits zum Familienmitglied avanciert. Jetzt bekam ich bei ihnen ordentliche Mahlzeiten und hatte dort auch meinen eigenen Schlafplatz auf einem kuscheligen Polsterkissen. Sie sprachen mit mir und streichelten mich, lauter Sachen, die mich vor Glück schnurren ließen und die der Schlapphutmann niemals in Betracht gezogen hatte. Also war es für mich gar keine Frage, dass ich bei ihnen bleiben würde. Zumindest bis zum Tag vor der Weiterfahrt.

Es war nach der letzten Vorstellung im Dorf: Bis spät in die Nacht wurde geräumt und festgezurrt, und schon im Morgengrauen begann der Abbau des Zeltes. Alle waren damit beschäftigt, denn schon am nächsten Abend sollte der erste Auftritt im nächsten Gastspielort sein. Als endlich auch das Festzelt verpackt und verladen war, wurden sämtliche Wagen aneinandergereiht und an die Zugmaschinen angekoppelt. Arthur inspizierte den Platz. Er wollte einen guten Eindruck hinterlassen.

Ich schlenderte auf unseren Wagen zu. „Na, was ist mit dir?", fragte Margret. „Willst du wirklich mit uns ziehen, Oskar?" Diesen Namen hatten sie und Bobo mir gleich am zweiten Tag gegeben, und ich liebte ihn! Niemand hatte sich vorher je die Mühe gemacht, mir einen Namen auszusuchen, und ich hatte schnell gelernt, dass das Menschen nur dann tun, wenn sie ein Tier lieb haben und mit ihm zusammenbleiben wollen. Deshalb machte es mich auch so stolz. Ich war nicht länger irgendein Kater, ich war Oskar, der Kater von Bobo und Margret, Oskar vom Zirkus Bellasani!

Ich sprintete in unseren Wagen und rieb mich dabei an Margrets Beinen. Dann drehte ich mich um. Auf dem Platz zwischen den Wagen herrschte eine merkwürdige Stille. Magdalena von der Akrobatengruppe wickelte die Wäscheleine auf, Arthur kam gerade aus einem der Tierwagen. Fernando und Pietro hatten noch ein paar Restteile auf dem Hänger verstaut und kamen nun auch herbeigeschlendert. Pietro sah Arthur an, der sich in seiner Haut gar nicht wohlzufühlen schien.

„Also Margret, wegen des Katers“, sagte Fernando. „Wir haben darüber nachgedacht. Ihr könnt ihn nicht einfach so mitnehmen.“ Was sollte das denn heißen? Neugierig huschte ich näher und traute meinen Ohren kaum. Was hatten die denn auf einmal gegen mich? Vor Schreck kriegte ich nicht mal ein ärgerliches Miau zustande! Nur gut, dass Margret sich nicht gleich ins Boxhorn jagen ließ.

Sie funkelte Fernando streitlustig an, beherrschte sich aber und blieb sehr freundlich. „Aber er gehört niemandem“, sagte sie. „Wir haben uns erkundigt. Wenn jemand sein Tier vermisst, wird er Zettel aushängen, beim Tierarzt anfragen und wahrscheinlich in der Zeitung eine Suchanzeige schalten. Das war aber nicht der Fall. Niemand sucht ihn.“

Bobo erschien von der anderen Seite des Platzes. „Sollen wir ihn einfach zurücklassen?“, fragte er. Die anderen wichen seinem Blick aus. „Und überhaupt“, fuhr er fort, „das ist Oskar. Nicht irgendein Tier. Wie kommt ihr darauf, dass ich meinen Kater hierlassen würde? Und, was geht es euch eigentlich an?"

Pietro schluckte und versteckte sich hinter seinem Direktor. „Nun sag doch mal was, Arthur", drängte er ihn.

Arthur war die ganze Situation reichlich unangenehm, er wand sich schier vor Verlegenheit. „Margret, Bobo", brachte er schließlich heraus. „Es ist nicht so sehr, dass Oskar vermisst wird. Wir haben ja hier auch die Aushänge gehabt." Das stimmte. Sie hatten überall Zettel aufgehängt, auf denen stand „Kater zugelaufen." Niemand hatte sich daraufhin gemeldet. „Und er läuft ja auch die ganze Zeit hier herum, für jeden gut sichtbar", ergänzte Bobo.

„Darum geht es ja auch nicht", sagte Arthur. „Aber wir können ihn nicht einfach mitnehmen, weil jedes Tier, das zum Zirkus gehört, irgendeine Aufgabe hat. Sie treten auf, sie machen Reklame, sie bewachen unsere Wagen." Er verstummte.

„Ach, das ist es also wieder einmal!", rief Margret und stemmte die Hände in die Hüften. „Ihr drei seid es, nicht wahr?!"

Pietro starrte konzentriert auf seine Füße, Magdalena machte ein trotziges Gesicht, nur Fernando sah Margret geradeheraus an. „Ja", sagte er. „Wenn du es so willst, dann sind wir es."

„Gut", meinte nun Bobo, der sich offensichtlich bemühte, den Streit nicht eskalieren zu lassen. „Vielleicht hätten wir euch fragen sollen, ob Oskar bei uns bleiben kann."

„Genau", sagte Arthur, dem es offenbar auch nur um diesen Punkt ging. Oh ha, ich wusste ja gar nicht, dass das einer Genehmigung bedurft hätte! Ob der Schlapphutmann jemals eine hatte? Aber vielleicht galt das ja auch nur für Zirkusleute, nicht für Normalsterbliche. Offensichtlich waren die Formalien verletzt worden, nun drohte mir der Rauswurf. Wie zur Bestätigung knurrte mein Magen. Dabei konnte ich noch gar keinen Hunger haben, ich hatte ja erst etwas gefressen! Vermutlich knurrte er schon aus reiner Angst vor der bloßen Vorstellung, wieder zum Schlapphutmann zurück zu müssen. Doch noch war nichts verloren, denn nun plusterte sich Margret auf. „Das ist es doch gar nicht!", rief sie erbost. „Das ist doch bloß ein Vorwand! Es geht wieder mal darum, wer hier wichtig ist – und wer nicht!" Sie hatte ein recht hitziges Temperament, das musste man ihr lassen.

„Ihr könnt nicht einfach tun und lassen, was euch gerade so einfällt!", ereiferte sich Fernando. „Wir sind ein Zirkus, wir gehören alle zusammen, und es geht nicht, dass jeder hier tut, was er will!"

„Habt ihr uns vielleicht wegen Max und Jordan gefragt?", rief Margret in der gleichen Lautstärke zurück.

„Halt, Stopp, Margret", sagte Arthur und machte eine beschwichtigende Geste. „Wir waren uns einig, dass die beiden in erster Linie Wachhunde sind. Und ihr habt in dieser Hinsicht zugestimmt."

„Na, dann ist Oskar eben unser Wachkater!", gab Margret zurück. „Ich sehe das überhaupt nicht ein. Er tut euch

doch nichts! Er nimmt euch auch nichts weg. Und wenn ihr ganz ehrlich seid, dann mögt ihr ihn doch auch!"
Da musste ich ihr Recht geben. Jeder hier hatte mich freundlich aufgenommen. Natürlich hätte ich eine eventuelle Abneigung auch sofort instinktiv gespürt.
Keiner der vier wusste darauf eine Antwort. Sie starrten in alle möglichen Richtungen, nur um Margret, aber vor allem mich nicht ansehen zu müssen, denn ich hatte mich an ihre Füße geflüchtet.
„Gut, Leute, so bringt das nichts", sagte Arthur um Frieden bemüht. „Wir schlafen erst mal eine Nacht darüber." Damit drehte er sich um und ging weg.

Beim Abendessen war die Stimmung ganz anders als sonst. Angespannt und irgendwie bedrückt. Ich muss zugeben, dass ich selbst auch nicht gerade den besten Appetit hatte. Würden Bobo und Margret mich wirklich zurücklassen? Aber das konnten sie nicht tun! Sie hatten mich doch quasi adoptiert! Und wenn ich mich versteckte und als blinder Passagier mit ihnen mitreiste? Zu dem Schlapphutmann würde ich auf gar keinen Fall zurückgehen, so viel stand fest. Mein Herz gehörte dem Zirkus, und es gehörte vor allem Bobo und Margret. Wegen des bevorstehenden Aufbruchs gingen an diesem Abend alle früh zu Bett. Doch ich konnte nicht schlafen. Also schlich ich mich durch das Fenster, das immer zu einem Drittel offenstand. Es war eine laue Sommernacht und der Himmel war sternenklar. Aus keinem der Wagen drangen Ge-

räusche, alle schienen friedlich zu schlummern. Selbst die Graugänse hatten ihre Köpfe unter die Flügel gesteckt. Max und Jordan dösten vor dem Wagen der Akrobatengruppe. Nur aus Helenes Wagen kam ein Grunzen. Aber vielleicht grunzte sie ja auch im Schlaf. Ich drehte eine Runde um die Wagen herum. Dann sprang ich zurück in unseren Wohnwagen. In dieser Nacht tat ich etwas, was ich noch nie zuvor getan hatte: Ganz leise und vorsichtig sprang ich auf das Bett und kuschelte mich zwischen Bobo und Margret. Es gefiel mir ausgesprochen gut, und so schlief ich trotz meiner geheimen Ängste auch endlich ein. Am nächsten Morgen blinzelte Bobo mich an. Ich kuschelte mich an seine Brust und schnurrte entspannt, während er mich kraulte, was dann auch Margret aufweckte.
„Ich habe eine Idee, was Oskar angeht", sagte Bobo mit einem verschmitzten Lächeln zu seiner Frau. „Ich erzähle es dir gleich nach dem Frühstück."

Dann war es so weit: Der Tross setzte sich in Bewegung – mit mir natürlich! Ich saß in der Zugmaschine zwischen Bobo und Margret. Niemand hatte mich an diesem Morgen mehr erwähnt, alle waren viel zu sehr beschäftigt. Als wir ankamen, musste alles ausgeladen und das Zelt aufgebaut werden, also sehr viel Arbeit für die Menschen und keine Zeit für Ränkespielchen, wie Margret sich ausdrückte. Als unser Wagen stand und Bobo auch sonst nichts mehr weiter zu tun hatte, holte er Helene aus dem

Stall. Er legte ihr die breiten, bequemen Gurte über den Rücken, an denen die Werbeplakate befestigt waren. Am vorderen Gurt waren die Schnüre von einer ganzen Traube bunter, heliumgefüllter Luftballons befestigt. Bobo zog sein Clownskostüm an und holte nun auch seine Holzratsche, um Krach zu machen, außerdem Reklamezettel und ein Heftchen mit verbilligten Eintrittskarten. So gingen die beiden in die Stadt, um zu verkünden, dass der Zirkus Bellasani im Ort gastierte. Ich sah ihnen nach, und dann – konnte ich mir nicht helfen und jagte ihnen hinterher! Das musste ich doch einfach sehen! Bobo sah mich nur an, als hätte er genau das von mir erwartet, dann hob er mich hoch und setzte mich auf Helenes breiten Rücken. Die ging einfach weiter, und ich schaukelte auf ihr herum. Oh, das war schon reichlich wackelig, was ich sofort im Magen spürte. Aber schon ein paar Sekunden später merkte ich, dass das einen Heidenspaß machte! Die Reaktionen ließen auch nicht lange auf sich warten: Oskar auf Helene, das hatte der Ort noch nicht gesehen. Und staunend registrierte ich, wie die Kinder aus den Häusern gelaufen kamen und Fenster geöffnet wurden, während Bobo den Passanten unsere Reklamezettel in die Hände drückte und seine Späße machte und Luftballons an die Kinder verteilte. Ein paar wollten Helene streicheln ... und mich! Ich fühlte mich unglaublich wichtig, ich meine, wer reitet schon ein Hängebauchschwein von mehr als drei Zentnern Lebendgewicht? Das kann doch nur ein Zirkuskater, oder?

Nach unserer Tour durch das Dorf war gerade noch Zeit für einen Imbiss, bevor die Abendvorstellung begann. Diesmal nahm Margret mich mit, als sie das Kassenhäuschen öffnete. Ich saß direkt neben ihr auf dem Tisch und bewachte die Kassette mit dem Wechselgeld. Viele der Kinder, die zur Vorstellung kamen, erinnerten sich an mich. Plötzlich war ich berühmt, jeder wusste, dass ich Oskar war! Und natürlich wollten sie mich alle streicheln, was ich auch genoss, ohne jedoch dabei die Geldkassette aus den Augen zu lassen.

Am nächsten Tag begannen Bobo und Margret ihren Plan in die Tat umzusetzen, und am Ende der Woche nahm Bobo, der ja die Tiere trainierte und auch mit ihnen auftrat, Arthur beiseite.

„Ich habe eine neue Nummer einstudiert, Herr Direktor", sagte er mit gespielter Hochachtung. „Und ich würde sie gerne heute Abend ins Programm nehmen, wenn Sie einverstanden sind. Aber vorläufig soll niemand außer Ihnen etwas davon erfahren. Es soll eine Überraschung sein. Eine Nummer mit Helene ..." Dann wisperten die beiden, warfen mir schelmische Blicke zu, und am Ende war Arthur einverstanden. Erst dann verriet mir Helene den Plan, die natürlich längst Bescheid wusste.

„Ich – ein Artist?" Mir wurde ganz seltsam zumute, aber mehr vor Aufregung und Lampenfieber. Denn dass ich der geborene Zirkuskater war, daran hegte ich nun nicht mehr den leisesten Zweifel. Ich genoss meinen Auftritt am Kassenhäuschen mit Margret, die sichtlich froh war, dort nicht mehr allein zu sitzen. Die Kinder bestürmten mich! So ein liebenswertes Kerlchen wie ich kann die Stimmung ganz schön aufheitern. Als das Kassenhäuschen schloss und alle Gäste bereits auf dem Weg zu ihren Plätzen waren, musste es ganz schnell gehen. Margret und Bobo bereiten mich für meinen großen Auftritt vor, während Helene das Ganze mit dem ihr eigenen Gleichmut trug.

„Nur keine Hektik!", war ihre Devise. Davon wich sie nie ab. Und natürlich auch nicht heute. Als wir das Festzelt durch den Artisteneingang betraten, hätte ich vor Aufregung platzen können. Ich war wie berauscht! Die Scheinwerfer, die Manege, der Geruch von frischen Sägespänen und Popcorn, der blechern klingende Tusch vom Band und Arthur in Frack und Zylinder, der uns nun ansagte und dann Margret ein Zeichen gab, die Musik zu starten. Dann blinzelte Bobo mir zu und ich sprang auf Helenes Rücken. Zum Klang des „Einmarschs der Gladiatoren" trabte sie los, immer im Kreis am inneren Rand der Manege entlang. Ich trug ein silbern glitzerndes, blinkendes Halsband, an dem ein ebenso silbern glitzernder herzförmiger Luftballon befestigt war, der ungefähr einen Meter über mir schwebte. Auch Helene hatte einen Luftballon bekommen, nur dass ihrer rot war. Bobo schlug Rad quer durch die Manege, während Helene auf ihren kurzen Schweinebeinen immer weiter im Kreis herumtrabte und ich sehr majestätisch auf ihrem Rücken saß, die Vorderpfoten aufgestützt. Nervös war ich überhaupt nicht mehr, nein, ich genoss den Auftritt in vollen Zügen, und unser Publikum applaudierte begeistert!

Auf der nächsten Zirkusversammlung am darauffolgenden Vormittag war die Sache dann schnell klar. Ich hielt mich hinter einer geöffneten Wagentür versteckt, als es plötzlich neben mir grunzte. Helene! Wie war die denn aus ihrem Stall gekommen?
„Na, du lauschst wohl?“, grunzte sie und spitzte ebenfalls die Ohren.
„Es geht hier doch um mich, um mein Bleiberecht!“, rechtfertigte ich mich prompt.
„Genau!“, bekräftigte Helene. „Aber es geht auch um mich, um unsere gemeinsame Nummer!“
Das stimmte nun auch wieder. Durch die Plänkelei mit Helene hatte ich doch glatt den Anfang verpasst. Ich sah gerade noch, wie Margret den Kopf schüttelte.
„Es war ja nicht so, dass wir ihn loswerden wollten“, sagte Pietro. „Oskar ist ein ganz lieber Kerl.“
„Ja, das ist er. Es ging ja nur wieder um die alte Sache“, stellte Arthur sachlich klar.
„Alte Sache?“, murmelte ich. Dann hatte das alles gar nichts mit mir zu tun?
„Ach die!“, grunzte Helene. Ich warf ihr einen fragenden Blick zu. „Die Artisten oder die Dresseure – es ist immer das gleiche Theater! Jeder will die Nummer eins sein und damit den Zirkus vor dem Ruin retten! Die denken doch glatt, wir merken das nicht!“

Nachdenklich ließ ich Helene hinter mir und schlich zu Margret, die mir zu gern den Kopf kraulte, während Arthur immer noch referierte.
„Ich glaube, das ist in jedem Zirkus so. Jeder will die Nummer eins sein und das Sagen haben. Aber ihr müsst immer bedenken, dass ein Zirkus mehr ist als die Summe der einzelnen Nummern!“, sagte er.
„Richtig,“ meinte Bobo. „Jeder Zirkus braucht Akrobaten, aber genauso einen Clown und jemand, der die Tiere versorgt.“
„Eben. Ein Zusammenspiel aller“, bekräftigte Arthur und wirkte sehr zufrieden.
„Seht mal, jetzt haben wir unseren eigenen Tiger“, meinte Fernando und reichte die Kaffeekanne weiter. „Es muss ja nicht immer gleich ein Sibirischer sein.“
Alle lachten und Arthur am meisten. Damit war ich also offiziell ein Mitglied des Zirkus Bellasani geworden – und zugleich freischaffender Artist. Besser hätte ich es überhaupt nicht treffen können!

NINA –
DETEKTIVIN WIDER WILLEN

Vielleicht war es nicht Liebe auf den allerersten Blick, sondern eher so etwas wie das gegenseitige Sich-Erkennen zweier verwandter Seelen, das mich und Holger Mentis zueinander führte. Es geschah an einem nebligen, verregneten Morgen auf einem Autobahnparkplatz. Ich war gerade von meinen „Besitzern" ausgesetzt worden, nachdem sie mich vier Monate zuvor aus dem Tierheim geholt hatten, in dem ich geboren war. Wohl hatte ich mich bei ihnen nie gefühlt. Also trottete ich einsam und deprimiert vor mich hin, als Holger praktisch über mich stolperte. Ihm ging es auch nicht besser, er war gerade von seiner Fast-Verlobten sitzen gelassen worden. Wir waren also beide verwirrt, verletzt und zutiefst erschüttert.

Als er wieder in seinen Truck stieg, ließ er die Tür offen und tat so, als würde er nicht auf mich achten. Ich sah zu ihm hoch. Er starrte stur geradeaus, trommelte mit den Fingern auf dem Lenkrad herum, pfiff tonlos vor sich hin. Ich verlegte mein Gewicht auf die Hinterpfoten, spannte alle Muskeln an und schnellte hoch. „Na also, Junge", sagte Holger. „Ich dachte schon, du willst hier festwachsen."

Dass ich kein Junge war, fand er später noch heraus, und dass ich nicht an einem Autobahnparkplatz festwachsen wollte, sollte keiner Erwähnung bedürfen.
Von diesem Tag an waren wir jedenfalls ein Team, Holger und ich. Er nannte mich Nina – nach niemandem. Es war der beste Name, der ihm einfiel und der ihn schlichtweg an niemanden erinnerte. Das Herumreisen lag uns beiden im Blut, das Leben auf der Autobahn und das Schlafen in der Koje des Trucks. Ich liebte es, von Anfang an. So ging das rund drei Jahre, und in dieser Zeit war ich das einzige weibliche Wesen, das in seinem Leben eine gewisse Bedeutung besaß – dann kam Katharina. Nicht, dass ich sie nicht gemocht hätte, nein das nicht, sie ist eine durchaus nette Person. Aber Veränderungen hatten sich in der Vergangenheit eigentlich immer negativ für mich ausgewirkt. Dass Holger mich nun nicht abschob, sondern ich diesen besonderen Platz in seinem Herzen behielt, vergaß ich niemals.

Katharina war ehrgeizig und geschäftstüchtig, ganz anders als Holger. Der war zuverlässig und pflichtbewusst, aber auch nicht mehr als das. Ansonsten schätzte er seine – unsere – Gemütlichkeit. Seine Zukünftige hingegen lag ihm mit der Idee in den Ohren, sich selbständig zu machen. Er fand einige Gegenargumente, die sie aber mit weiteren Gegenargumenten außer Gefecht setzte, bis am Ende nur noch eines blieb, nämlich dass er nicht in einem Büro sitzen, sondern fahren wollte. Und genau das wollte

ich auch – mit Holger durch die Lande ziehen. Am Anfang, gleich nachdem die beiden geheiratet hatten, gelang mir das auch. Da fuhr Holger als Subunternehmer für einen Blumengroßhändler und war viel unterwegs. Natürlich immer mit mir auf dem Beifahrersitz. Dafür gehörte er an den freien Tagen seiner Katharina, und mit dieser Regelung konnten wir alle gut leben. Es war nicht so, dass wir einander nicht gemocht hätten, Katharina und ich. Sie kümmerte sich durchaus liebevoll um mich und um meine kulinarischen Bedürfnisse. Aber zwei Frauen im Haus ... Manchmal gab es da schon gewisse Reibereien. Als die beiden genug Geld für ihren eigenen Blumengroßhandel zusammen hatten, änderten sich die Dinge wieder. Nun fuhr Holger zwar auch noch, aber gerade mal noch so weit, dass er abends wieder daheim war.
Für den Fernverkehr stellte er erst einen, später einen zweiten Fahrer ein. Tja, und dann passierte irgendetwas, denn plötzlich vereinnahmte das neue Geschäft meinen Holger derart, dass er bald nur noch im Büro saß. An diesem Punkt kippte unser beider gute Stimmung. Wir wurden bedrückt und grantig. Ich fing an, Polstermöbel zu zerkratzen, sehr zu Katharinas Ärger, während Holger vor lauter Frustration Trost in Bier und Pommes suchte, ebenfalls zum Missfallen seiner Gattin. Aber konnte man es uns wirklich verdenken? Wir hatten Zigeunerblut in den Adern und mussten raus auf die Landstraße. Wenigstens ab und zu einmal. Ich überlegte hin und her, bis ich auf eine fast schon zu einfache, dennoch geniale Idee kam.

Früh am Morgen, es war fast noch dunkel, und die LKWs wurden gerade erst beladen, setzte ich meinen Plan in die Tat um: Ich schlich mich an einen der Lastwagen heran, mittlerweile umfasste der Fuhrpark ja bereits fünf davon, sogar einen mit Kühlung für Lieferungen in den Süden, und sprang unbemerkt in den Laderaum. Mucksmäuschenstill versteckte ich mich direkt hinter der Trennwand zur Fahrerkabine. Ich machte es mir dort gemütlich und wartete. Mein Herz klopfte wie wild. Das Reisefieber hatte mich wieder gepackt, wie ich das vermisst hatte! Dann war es so weit: Die Ladeklappe wurde geschlossen und wir tuckerten vom Betriebsgelände. Der Duft nach frischen Schnittblumen war atemberaubend, im wahrsten Sinne des Wortes. Immerhin, Durst würde ich auf keinen Fall leiden müssen; Wasser gab es nämlich reichlich an Bord, weil die Blumen feucht gehalten werden mussten. Was das Futter anging, würde sich schon was finden, hoffte ich. Über diesen Überlegungen schlief ich auch schon ein, und als ich wieder aufwachte, musste ich zugeben, dass ich seit langem nicht mehr so gut geschlafen hatte. Seit der letzten gemeinsamen Tour mit meinem Holger, um genau zu sein. Und das war es, was ich beabsichtigte. Ich wollte ihm zeigen, wie einfach es war. Steig ein und fahr los und schnell wird es dir besser gehen, wenn du erst wieder Asphalt unter den Rädern hast! Wenn ich als Katze das fertigbrachte, sollte doch Holger als Mensch das erst recht schaffen! Irgendwer musste ihn aus seiner Büro-Lethargie reißen, und das würde natürlich ich sein.

Wer sonst?
Dann wurde es auf einmal laut, die Klappe öffnete sich und ich hörte Stimmen. Der Lkw wurde entladen. Ich hatte keine Ahnung, wie lange ich geschlafen hatte, aber nach einem ausgiebigen Stretching stolzierte ich einfach Richtung Ladeklappe. Dort wurde ich von zwei Männern begrüßt, die mit Hubwagen hantierten. Ihre Sprache klang seltsam, doch sie fingen sofort an, mich zu streicheln und zu kraulen! Jemand rief quer über den Hof und die beiden machten sich schnell wieder an ihre Arbeit. Ich sprang von der Ladeklappe und sah mich um. Dieser Hof unterschied sich nicht sehr von unserem daheim in Magdeburg. Also musste es auch irgendwo ein Büro geben. Und wie findet man ein Büro? Richtig, indem man dem Geruch von frischem Kaffee folgt, der dort bereitzustehen hat! Das Fenster des Büros war offen, und ich sprang hinauf und miaute. Eine Frau blickte von ihrem Schreibtisch auf und sah mich zwischen den Geranien sitzen. Sie sagte etwas, das irgendwie nach „Ach, was bist du süß!“, klang. Sicher war ich mir da jedoch nicht.
Sie kam angesaust, kraulte und streichelte mich und spendierte mir erst mal ein Schälchen Milch. Wirklich nette Leute, mit denen mein Holger zu tun hatte! Ich machte es mir also auf einem freien Tisch bequem, wo sie mir ein Kissen hingelegt hatte, und harrte der Dinge, die da kommen würden. Und sie kamen! Mittlerweile hatte man nämlich daheim mein Fehlen bemerkt, und ich konn-

te mir gut vorstellen, dass sich Holger bereits am Rande einer Nervenkrise befand und quer durch die Stadt tigerte, um mich zu finden, während hier, in einem Kaff in Holland, die Leute darüber nachdachten, ob sie eine Anzeige des Inhalts „Katze zugelaufen“ in die Zeitung setzen sollten. Die Leute, das waren Stijn und Grietje van der Vaart, Stammkunden von Holger, die Tiere sehr liebten und sich auch in der Folge immer wieder freuten, wenn ich bei ihnen abstieg.

An diesem Abend nahmen sie mich mit zu sich nach Hause. Sie wohnten in einem Haus am Stadtrand: hübsch ruhig gelegen und sehr gemütlich. Sollte Holger mich jemals nicht mehr wollen, wäre ich hier sofort eingezogen.

Am nächsten Tag ging ich mit den van der Vaarts zur Arbeit und allmählich begann ich mir Sorgen zu machen. Sollte mein Holger, sonst treu wie Gold, die Suche nach mir etwa einfach aufgegeben haben? Oder hatte er wirklich keinen Schimmer, wie ich vom Hof gelangt war?

Doch meine Sorgen waren unbegründet. Kurz nach dem Mittagessen schellte das Telefon – ich erkannte Holgers Stimme sofort. Er hatte mich gefunden! Grietje und Holger unterhielten sich recht nett am Telefon – und ein paar Stunden später war ein freudestrahlender und sehr erleichtert wirkender Holger da, um mich nach Hause zurückzuholen. Zwar nicht mit einem Truck, sondern „nur“ mit seinem privaten Pkw, aber egal. Ich schlich ihm begeistert um die Beine, und er nahm mich prompt auf den Arm.

„Hey, meine Süße, du kannst mich doch nicht einfach allein lassen!“, murmelte er.
Oh, das hatte er schon lange nicht mehr zu mir gesagt!

Nach einer überaus gemütlichen Heimfahrt über die verschiedenen Autobahnkreuze kamen wir entspannt daheim an. Ja, mein Ausflug nach Holland, so hieß das Land nämlich, in das es mich per Zufall und Truck verschlagen hatte, war überaus lohnenswert gewesen. Und Holger? Der war so gut gelaunt wie schon seit Monaten nicht mehr! Es hatte wunderbar funktioniert, sehr viel besser sogar, als ich gehofft hatte. Ein paar Wochen vergingen, Holger war wieder von seinem langweiligen Bürojob in Anspruch genommen und wirkte alles andere als zufrieden, also wusste ich, er musste einfach mal wieder raus und sich frischen Wind um die Nase wehen lassen. Ich zog die Nummer ein zweites Mal durch, dann ein drittes und viertes Mal. Dann hörte ich auf zu zählen. Einmal verschlug es mich sogar nach Portugal! Was war ich begeistert! Ich machte mich bemerkbar, aber unglücklicherweise gab es dort keine nette Büroangestellte, die sich um mich kümmerte. Dort gab es nämlich so viele freilaufende Katzen, dass ich überhaupt nicht auffiel. Keiner nahm mich liebevoll auf den Arm, geschweige denn mit nach Hause. Zum Glück erbarmte sich der Hausmeister der Firma und stellte mir wenigstens etwas zu fressen hin. So konnte ich die Zeit überbrücken, bis Holger mich abholen kam. Es dauerte deutlich länger als sonst, ganze drei Tage. Doch dann konnte er mich endlich wieder freudestrahlend in die Arme schließen, und wir fuhren gemütlich und in aller Seelenruhe heim.

„Also, Nina, Portugal ist vielleicht dann doch ein bisschen weit!", stellte er auf der Fahrt klar. Ich miaute zustimmend. Es war ja auch nur ein Versehen gewesen. Holland und Grietje mochte ich ohnehin viel lieber. Ich würde vorsichtiger sein in Zukunft, nahm ich mir vor.

Meine Ausflüge unternahm ich alle paar Wochen. Und meist erwischte ich auch den richtigen Truck. Wenn Holger und ich dann zurückkamen, ging es uns prächtig. Von Katharina allerdings konnte man das nicht unbedingt behaupten.

„So geht das nicht, Holger", platzte es eines abends aus ihr heraus. „Du fährst einfach weg, um Nina zu holen. Dreimal letzten Monat, und jedes Mal warst du volle zwei Tage unterwegs. Plus eine Übernachtung." Sie sah gereizt aus.

„Was soll ich denn tun?", erwiderte Holger mit bemühter Freundlichkeit. „Die Leute bitten, Nina mit der Post zurückzuschicken?" Der letzte Satz kam harscher heraus, als er es wohl selbst vorgehabt hatte, und so lief die Diskussion etwas aus dem Ruder.

Am nächsten Tag bekam ich ein Halsband mit einer kleinen Metallkapsel daran, in der ein Zettel mit Holgers Name, Adresse und Telefonnummer aufbewahrt wurde.

„Das wird zumindest die Suche beschleunigen", seufzte

Katharina, nachdem Holger mir das Halsband umgelegt hatte. „So musst du nicht erst ewig herumtelefonieren, bis du weißt, wo sie ist.“ In der Folgezeit verbesserten sich die häuslichen Verhältnisse. Wenn ich nicht zum Abendessen erschien, warteten sie einfach, bis das Telefon klingelte, aber sie machten sich nicht mehr so furchtbare Sorgen. Und dann kam Holger noch auf die brillante Idee, seine Fahrten als Pflege von Kundenkontakten zu definieren – wir beide machten also in Public Relations. Dagegen hatte nicht mal Katharina etwas einzuwenden. Das Geschäft blühte, auch meines brillanten Einsatzes wegen, so dass zwei weitere Lkw und ein Thermotransporter angeschafft und Fahrer eingestellt wurden. Alles lief wunderbar. Ich reiste per Lkw kreuz und quer durch Europa, die Kunden riefen Holger an, der kam nach, machte Reklame fürs Geschäft, und gemeinsam fuhren wir wieder heim. Mittlerweile war ich bei allen Kunden bekannt wie der sprichwörtliche bunte Hund. Diese Bekanntheit und das Wissen über unsere Gepflogenheiten war es aber, was uns am Ende in gewaltige Schwierigkeiten brachte.

Eines Morgens, als ich auf dem Betriebshof meinen gewohnten Slalom durch das beim Verladen übliche Durcheinander absolvierte, bemerkte ich, dass mich jemand beobachtete. Zwei Jemande, um genau zu sein: Swen Allgaier und Tom Stitz, die Holger erst vor ein paar Wochen als Fahrer eingestellt hatte. An diesem Morgen fühlte ich mich auf sonderbare Weise zum Lkw der beiden hingezo-

gen. Ein verlockender Duft wabberte in verführerischen Wolken um den Truck herum. Dem musste ich nachgehen! Ich sprang auf die Ladefläche und schaute mich um, die beiden fest im Augenwinkel fixiert. Sie unternahmen nichts, grinsten nur ein bisschen. Auch sonst war der Hof plötzlich wie leergefegt. Ich folgte meiner Nase und gelangte zu einem Pappteller mit mundgerecht klein geschnittenen Stückchen von gegrilltem Hähnchen! Gut, ich hatte zwar ordentlich gefrühstückt, aber die kluge Katze baut vor, und so fand sich doch noch ein Plätzchen für das Hähnchenfilet in meinem Bauch. Nach dem Mahl war ich pappsatt und putzte mir gerade das Gesicht, als die Ladeklappe geschlossen wurde.
Verdutzt starrte ich die Innenwand an. So war das aber nicht geplant! Andererseits, warum nicht, dann machte ich eben heute einen Ausflug, spontan muss man halt sein! Ich rollte mich auf einem Karton zu meinem wohlverdienten Verdauungsschlaf zusammen. Bevor wir noch die Autobahnauffahrt erreichten, schlief ich schon tief und fest. Als der Motor abgestellt wurde, wachte ich auf und war sofort im Bilde. Wir waren in Holland, bei Stijn und Grietje van der Vaart! Es war alles gut. Ich sprang heraus und schlich mich an Grietje heran, die sich wie verrückt freute.
„Ach, Nina, wie schön!“ Sie streichelte mich ausgiebig, bevor sie mir Leberwurst und Milch kredenzte und zum Telefonhörer griff.
„Holger, die Nina ist hier!“, eröffnete sie ihm. Keine besondere Überraschung mehr für meinen Holger. Obwohl

er sich sicher fragte, wieso ich dieses Mal schon nach einer Woche wieder losgezogen war. Nun ja, wie sollte ich ihm auch klarmachen, dass es schlichtweg ein Versehen war? Währenddessen plauderten die beiden ein bisschen. Grietjes holländischer Akzent klang in meinen Ohren inzwischen auch vertraut.

„Ich freue mich, dich dann zu sehen, Holger", sagte Grietje lachend. „Das Gästezimmer ist schon für dich und Nina bereit, und morgen früh könnt ihr dann –" Holger unterbrach sie wohl an dieser Stelle.

„Ja, ich verstehe", sagte sie nach einer Weile des Zuhörens. „Zu viel Arbeit. Also, bis dann, Holger."

Swen, einer der beiden Fahrer, kam ins Büro, um sich etwas zu trinken zu holen. Dabei kraulte er mich voller Hingabe.

„Na, müsst ihr nicht weiter?", fragte Grietje.

„Nö, wir müssen noch auf den Chef warten!", erklärte er ihr. Grietje wandte sich bald wieder ihren üblichen Tätigkeiten zu. Holger musste sich wirklich dieses Mal sofort in seinen Wagen gesetzt haben, denn es dauerte nur ein paar Stunden, dann war er auf einmal da.

„Schlechtes Timing, Nina, ganz schlechtes Timing!", raunte er mir zu. „Los, hopp in den Wagen. Wir müssen nämlich schnell zurück."

Dass er trotzdem selber gekommen war und meine Rückfahrt nicht seinen Fahrern überlassen hatte, rechnete ich ihm wirklich hoch an. Ich erinnerte mich an etwas, das Katharina vor ein paar Tagen gesagt hatte: Steuererklärung! Ja, das hasste mein Holger wie die Pest. Zahlen sortieren waren überhaupt nicht sein Ding. Aber da er das, wie alles andere auch, ganz ordentlich und richtig machen wollte, dazu aber schlichtweg keine Lust hatte, schob er es auf, bis es nicht mehr ging. Ja, darüber hatte sich Katharina aufgeregt. Nun war ihm mein Trip sicher einerseits sehr gelegen gekommen – weg von dem Papierkram –, andererseits saß ihm die Zeit im Nacken. Bei so etwas konnte ich ihm nun wirklich nicht helfen. Immerhin nahm sich Holger noch Zeit für einen Kaffee mit Grietje und Stijn.

„Ihr hättet nicht warten müssen!“, wunderte sich Holger lediglich darüber, dass seine Fahrer noch da waren. „Nina ist hier fast schon zu Hause!“

Nett von den Jungs, dass sie mich nicht allein lassen wollten! Ich schenkte ihnen ein herzliches Schnurren und huschte kurz um ihre Beine.

„Du bist aber auch eine Hübsche!“, bewunderte mich Swen. Ja, das wusste ich natürlich. Und die beiden würden auch noch lernen, dass ich gern verreiste und sie wegen mir nicht ihren Feierabend riskieren mussten.

Als Holger und ich aufbrachen, war unser Truck schon wieder auf der Strecke. Ich roch es sofort: Hier war etwas im Wagen, was sonst nicht da war. Ein merkwürdiger Geruch, nur ganz leicht, aber für mich gut zu erschnuppern. Ich stupste Holger an, doch der schien es nicht zu bemerken. Ich schnüffelte erneut herum: herb wie getrocknetes

Laub, irgendwie süßlich, organisch ... es machte mich fast verrückt, und so begann ich an der Polsterung des Rücksitzes herumzukratzen. Der Geruch wurde intensiver. Nun wurde auch Holger auf mein Treiben aufmerksam.

„Hey, was machst du denn da? Hör auf mit dem Unfug, Nina!“, verlangte er. Doch das konnte ich nicht, das Aroma war zu verführerisch! Holger wurde allmählich ärgerlich, doch ich konnte einfach nicht aufhören, ich musste das finden, was da so roch ... warum, wusste ich selbst nicht. Schließlich hielt Holger an einem Autobahnparkplatz an und besah sich den Rücksitz. Der Stoff war zerfetzt, die Polsterung hing heraus, und ich konnte immer noch nicht aufhören mit Kratzen!

„Himmel, Nina, was soll das denn? So was hast du doch noch nie gemacht, noch nicht einmal dein Spielzeug machst du sonst kaputt, was ist denn in dich gefahren?“ Er schob mich auf die andere Seite der Bank und versuchte das Polstermaterial zurückzuschieben. Und darunter kam es zum Vorschein. Holger schob zwei Finger in das von mir produzierte Loch... und dann führte er mein Werk zu Ende, indem er zwei Verschlussbügel löste und einfach die Rückbank hochhob. Was er zutage förderte, hatte ungefähr die Größe einer halben Tafel Schokolade und war in Folie eingewickelt. Doch es war ganz sicher keine Schokolade, so nervös wie Holger nun wurde. Er sah sich prüfend um, aber uns beachtete niemand. Er drehte das Päckchen zwischen den Fingern hin und her und betrachtete es von allen Seiten. Dann nahm er es kopfschüttelnd

und mit irgendwie erblasstem Teint an sich und verstaute es im Handschuhfach.
„Das ist nichts für dich, Nina!“, wies er mich zurecht. Und irgendetwas in seiner Stimme sagte mir, dass hier etwas ganz und gar nicht in Ordnung war. Wir setzten unsere Fahrt fort, doch ich spürte, dass Holger nicht ganz bei der Sache war. Etwas beschäftigte ihn, und das hatte ganz sicher mit dem merkwürdigen Paket zu tun, das sich nun im Handschuhfach befand. Als wir wieder deutschen Boden erreichten, atmete Holger zum ersten Mal sichtbar auf, daheim zum zweiten Mal. Doch anstatt sich um mich oder Katharina zu kümmern, rief Holger die Polizei. Keine Frage, dass ich in der Nähe blieb. Ich musste dem Geheimnis hier auf die Spur kommen.
„Meine Katze hat das aus dem Rücksitzpolster geklaubt!“, berichtete er den beiden Beamten, die kurz darauf in ihrem Polizeiauto auf unseren Hof fuhren. Dann überreichte er ihnen das Päckchen aus dem Handschuhfach.
Der eine von ihnen, ein älterer Herr mit Schnauzbart, zog die Augenbrauen hoch.
„Sie wissen, was das ist?“, fragte er. Holger nickte.
Nur ich verstand ärgerlicherweise immer noch nichts. Warum sagte mir eigentlich keiner etwas? Und warum guckten alle so bedeppert?
„Finden Sie nicht, dass Ihre Geschichte reichlich kurios klingt?“
Der andere Beamte, ein Rothaariger, war nun nähergetreten und beäugte mich misstrauisch.

„Meinen Sie diese Katze hier? Die soll das Rückpolster zerrissen haben? Die sieht doch total lieb aus!"
Holger schüttelte entnervt den Kopf, während ich mir wünschte, niemals an den Polstern herumgekratzt zu haben. Offensichtlich hatte mein Holger nun ein Problem.
„Hören Sie, warum sollte ich Sie anrufen und Ihnen die Geschichte erzählen, wenn ich vorgehabt hätte, Rauschgift zu schmuggeln?", fragte er.
Rauschgift? So ein übles Zeug, von dem im Fernsehen immer berichtet wurde? Wie kam es in Holgers Auto? Plötzlich fiel es mir wie Schuppen von den Augen! Natürlich, die beiden neuen Fahrer! Die mussten es versteckt haben, als Holger mit Grietje Kaffee getrunken hatte. Aber warum?
„Jemand hat mich als Drogenkurier benutzt, so sieht es aus. Und ich hätte es nicht einmal bemerkt, wenn Nina sich nicht an den Polstern zu schaffen gemacht hätte. Katzen haben eine verdammt feine Nase, und ich sage Ihnen noch was: Nina und ich waren erst gestern Morgen noch beim Weinhändler. Da war das Zeug definitiv noch nicht in meinem Wagen! Nina hätte es sonst gerochen und sich aufgeführt, nun ja, so wie sie sich vorhin aufgeführt hatte."
Die Beamten warfen sich einen vielsagenden Blick zu. „Schön, Herr Mentis, ich mache Ihnen einen Vorschlag", sagte nun der Ältere der beiden Polizisten. „Wir observieren den Wagen, wer immer Ihnen das Zeug untergejubelt hat, wird es zurückhaben wollen. Schließlich geht es hier

auch um einen beträchtlichen materiellen Wert. Sie tun einfach gar nichts, lassen Ihren Wagen auf dem Hof stehen wie immer. Schließen Sie ihn normalerweise eigentlich nicht ab?"

„Doch, schon", sagte Holger. „Aber hier am Schlüsselbrett hängen Ersatzschlüssel von allen Fahrzeugen, falls er mal im Weg steht und jemand ihn wegfahren muss. Manchmal wird es schon eng auf dem Hof."

Die Polizisten gingen, ein Techniker kam und installierte irgendwas, dann bezog der Observator seine unauffällige Stellung. Und schließlich legte Holger über die Stelle, wo ich das Polster zerkratzt hatte, eine Decke, damit niemand Verdacht schöpfte. Es dauerte nur bis zum Morgengrauen, dann ging es rund. Draußen wurde es hektisch, und Holger, der ohnehin kein Auge zugetan hatte, rannte vor die Tür. Die beiden Polizisten, die sich auf die Lauer gelegt hatten, waren natürlich auch schon da. Und zwei andere Bekannte: Swen Allgaier und Tom Stitz. Sie waren so verdattert, dass sie nicht einmal an Flucht dachten. Die Beamten nahmen sie gleich mit. Und dankten Holger für die Hilfe.

„Ich werd's an Nina weitergeben!", rief er ihnen zu und schnappte mich.

„Na, jetzt haben wir wieder Ruhe. Gut, dass du das Zeug gefunden hat. Mensch Nina, ich hätte riesigen Ärger kriegen können! Gerade Autos aus Holland kommend werden doch nach Drogen untersucht!"

Plötzlich stellte mir Katharina ein Schälchen Sahne hin.

„Hier, die hast du dir verdient, du kleine Detektivin!",

scherzte sie. Um die Zeit war das echt ungewöhnlich! Und Sahne gab sie mir normalerweise auch nur an Feiertagen.

„Die Typen haben doch eben glatt erzählt, dass sie Nina absichtlich in deinen Wagen gelockt haben, damit du sie in Holland abholen musst und auf dem Rückweg das Rauschgift mitnehmen kannst!"

Holger kriegte vor Überraschung kein Wort heraus und selbst mir blieb vor Schreck fast die Sahne im Hals stecken. Die hatten mich benutzt? Oh, was konnten die froh sein, dass die Polizei sie gleich mitgenommen hatte! Nun war ich richtig ärgerlich.

„Ja klar, und weil sie das Zeug ja noch verstecken mussten, haben sie mir aufgetischt, dass sie Nina nur mir persönlich übergeben würden. Du, die taten wirklich so, als ob sie noch nie davon gehört hatten, dass die anderen Fahrer einfach weiterfahren! Und ich Depp hab denen das sogar abgenommen! Weil sie neu waren!"

Holger schüttelte ärgerlich den Kopf. „Nina, wir werden alt, wenn man uns so schnell hinters Licht führen konnte!" Er sah richtig deprimiert aus.

„Ach was, nun lass den Kopf nicht hängen!", versuchte Katharina ihn aufzumuntern. „Dazu besteht überhaupt keine Veranlassung. Bei dem detektivischen Gespür von unserer Nina hast du doch weiß Gott nichts mehr zu befürchten!"

Unsere Nina? Hatte sie wirklich unsere gesagt? Ich konnte es kaum fassen! Aber sie hatte ja auch Recht: Wir waren eine Familie, wir hielten zusammen. Schön, dass das nun endlich klar war!

NICHT OHNE MEINE KATZE!

Es gibt Zeiten, die sind so gemütlich und angenehm, dass man sich wünscht, sie mögen nie enden. Und dann gibt es die anderen, in denen man einfach nur aus dem Fell fahren könnte!

Neun Jahre lebte ich nun schon mit Helga Lehmann zusammen. Ich bin Marissa, Helgas Hauskatze und inzwischen fast neuneinhalb Jahre alt. Wie jede Langhaar-Perserkatze brauche ich jede Menge Pflege. Zum Glück bürstete Helga mein Fell für ihr Leben gern, meist zwei Mal am Tag. Ich genoss diese Streicheleinheiten und revanchierte mich mit genüsslichem Schnurren, was Helga nun wieder liebte. Die meiste Zeit hatte ich also mit Helga verbracht, unsere Lebensgewohnheiten und Bedürfnisse hatten sich aneinander angeglichen. Helga hatte mich als ganz kleines Katzenbaby aus dem Tierheim geholt und mir ein neues Zuhause gegeben. Dieses ist ein hübsches und sehr gemütliches kleines Vorstadthäuschen, in dem nur Helga und ich lebten. Nicht wirklich zurückgezogen, wie man das von einer Dame in Helgas Alter vielleicht erwarten würde, denn sie hatte viele Bekannte aus der Kirchengemeinde und dem Seniorenkreis, außerdem kam Stefan, ihr Enkel, zweimal pro Woche zu ihr. Zum bestandenen Abitur hatte er ein gebrauchtes Auto von Helga geschenkt bekommen, und nun brachte er ihr damit jede Woche ihre Getränkekisten und chauffierte sie zum Einkaufen und zu ihren Terminen. Jeden Sonntagnachmittag kam Helgas Tochter Anna zu Besuch. Mit ihrem Ehemann im Schlepptau, natürlich. Eigentlich war an Karl-Heinz ja auch nichts auszusetzen, er war nur ein bisschen langweilig. Anna hingegen war ganz die Powerfrau, allein ihr Auftreten ließ die Holzdielen erzittern. Aber als Gebietsleiterin einer großen Versicherung brauchte sie wohl ein entsprechendes Auftreten, wie Helga ihren Freunden erklärte. Helga und ihre Familie war ohnehin ein Kapitel für sich. Insgesamt gesehen, liebte sie jeden von ihnen. Stefan, ihren Enkel, aber ganz besonders. Zum Glück mochte er Katzen.

„Na, Marissa, immer noch keine Maus gefangen?", begrüßte er mich regelmäßig. Und genauso regelmäßig miaute ich zurück, dass ich niemals vor die Tür ging, also auch keine Maus fangen konnte. Aber ich glaube, seine Frage war ohnehin nicht ganz ernst gemeint. Als wir uns kennengelernt hatten, war er gerade in der fünften Klasse und kam jeden Mittag zu seiner Oma zum Essen. Nun war er Neunzehn, hatte vor wenigen Wochen das Abitur gemacht und sich kurz darauf ein Nasenpiercing stechen lassen.

„Tut das nicht weh?", hatte Helga ganz besorgt gefragt. Doch Stefan hatte sie nur in den Arm genommen und durchs Wohnzimmer geschaukelt.

„Keine Spur, Omi, glaub mir. Genauso wenig wie die Tattoos wehgetan haben! Dafür sehen sie hammermäßig aus!“

Mir jedenfalls lief es eiskalt den Rücken herunter, wenn ich das Eisenteil in seiner Nase nur ansah. Und von den Tattoos hatte ich im letzten Sommer eine Ahnung bekommen: bunte Bildchen auf dem Oberarm, mit einer Nadel reingeritzt, na schönen Dank auch! Der Junge kam vielleicht auf Ideen! Wenn ich Stefan so ansah, wurde mir erst richtig bewusst, wie die Zeit doch verging. Mit neun war ich im besten Katzenalter. Was man von der dreiundsiebzigjährigen Helga nicht sagen konnte. Auch wenn mir, vielleicht weil wir ständig zusammen waren, gar nicht auffiel, dass auch sie natürlich älter und wohl auch etwas vergesslich wurde. Manchmal musste ich mich schon bemerkbar machen, wenn sie nicht daran gedacht hatte, mein Trinkwasser zu wechseln. Oder wenn mein Katzenklo dringend gereinigt werden musste. Einmal fütterte sie mir drei Tage hintereinander die gleiche Sorte Dosenfutter, und obwohl ich Seelachs sehr mag, wurde es mir dann doch etwas zu viel des Guten. Während meine Knochen noch wunderbar mitmachten, zeigte sich auch hier bei Helga, dass das beim Menschen wohl anders war. Die Hausarbeit fiel ihr zunehmend schwerer, das Bücken machte ihr Probleme, und es dauerte oft eine Weile, bis sie morgens aus dem Bett oder auch abends aus ihrem Fernsehsessel aufstehen konnte.

„Ich bin halt nicht mehr die Jüngste!“, nahm sie es zum

Glück mit Humor. „Also, Altern ist wirklich nichts für Feiglinge, Marissa. Wer keinen Kampfgeist hat, muss sich jung aufhängen!“, war ihr Leitspruch. Tapfer kämpfte sie gegen die Unzulänglichkeiten ihres eigenen Körpers. Ich konnte ihr da leider wenig helfen. Und im Grunde dachte ich mir auch nichts dabei. Es war eben so, basta. Und es war ja auch kein Drama.

Das wurde es erst, als Anna die Sache thematisierte. An einem der Sonntagnachmittage hielt sie ihre Tasse hoch, bevor Helga den Kaffee einschenken konnte.

„Mama, da ist ein Fleck auf dem Tassenrand!“ Ihre Stimme klang so tadelnd, als ob sie Stefan zurechtwies. Dabei sprach sie mit ihrer Mutter! Ich schreckte hoch. Und mein Gefühl sagte mir, dass sich hier etwas zusammenbraute. Meine Helga jedoch war fiel zu arglos, um solche Untertöne wahrzunehmen. Nun ja, sie war ja auch ein Mensch, keine Katze.

„Tut mir leid!“, entschuldigte sie sich nämlich prompt. „Dann hol dir doch bitte eine andere Tasse!“ Kopfschüttelnd stand Anna auf und verschwand in der Küche. Es dauerte, bis sie wiederkam.

„Also Mama, ich fürchte, du hast deinen Haushalt nicht mehr so ganz im Griff!“, stellte sie fest.

„Nun sei doch nicht so pingelig“, versuchte Helga die Kritik ihrer Tochter mit einem Lächeln abzutun. Doch Anna ließ sich nicht so leicht von ihrer Meinung abbringen. „Nein, im Ernst, Mama“, insistierte sie. „Mir ist neulich

schon aufgefallen, dass deine Vorhänge dringend mal wieder gewaschen werden müssten. Und die Fenster gehören auch geputzt. Und überhaupt ..." – Anna drehte sich nach hinten und strich mit zwei Fingern über eine Leiste des Wohnzimmerschranks – „ist es hier auch ganz schön staubig." Sie warf kritische Blicke um sich. „Das Tischtuch hat Flecken und im Garten müsste das Laub zusammengerecht werden", stellte sie fest.
Nun war Helga verstimmt. Ich konnte es ihr am Gesicht ansehen.
„Ich weiß gar nicht, was du hast", wehrte sie sich kopfschüttelnd, aber mit einem leichten Zittern in der Stimme, das meine feinen Ohren durchaus registrierten. Anna warf ihr einen prüfenden Blick zu und widmete sich endlich ihrem Kuchen. Genau wie Karl-Heinz, der so tat, als ginge ihn die ganze Sache nichts an, aber nun schon zum dritten Stück Bienenstich griff. Den buk Helga immer noch jeden Samstag selbst, und daran war offenbar nichts auszusetzen.

Der nächste Sonntagnachmittagskaffee begann nicht nur mit einem kritischen Blick Annas, die offenbar darin nun ein neues Hobby gefunden hatte, sondern auch mit einer gewissen Hektik. Denn ganz entgegen seinem sonstigen Naturell verlor Karl-Heinz ganz schnell die Geduld, wenn es um in seinen Augen wichtige Sportereignisse ging.
„Es macht dir doch nichts aus, wenn wir das Spiel ansehen, oder?", fragte er, gleich nachdem sie gekommen wa-

ren. Helga nickte ihm lächelnd zu. Als das Kaffeegeschirr abgetragen worden war, machte er sich auf die Suche nach der Fernbedienung. Dabei sah er alle paar Sekunden auf die Uhr.

„Wo hast du denn ..., wo ist denn nur die Fernbedienung?“, rief er verzweifelt.

„Auf dem Tisch neben der Programmzeitschrift, wie immer!“, rief Helga aus der Küche zurück.

„Nein, eben nicht! Da habe ich ja zuerst gesucht“, jammerte Karl-Heinz. Die beiden Frauen erschienen im Wohnzimmer und dann ging eine Riesensucherei los. Man hätte meinen können, es ginge um das Ei des Kolumbus.

„Geht es denn nicht auch ohne Fernbedienung?“, fragte Helga schließlich.

„Nein, diese hochmodernen Dinger haben keine Knöpfe mehr wie früher!“, brummte Karl-Heinz wenig freundlich. Sein Blick wanderte weiter hektisch vom Fernseher auf seine Armbanduhr und zurück. „Jetzt verpasse ich auch noch das Spiel!“, ärgerte er sich, während Helga prompt ein schlechtes Gewissen bekam. So was sah ich ihr an der Nasenspitze an, außerdem hörte ich es an ihrer Stimme.

„Es tut mir ja so leid, aber ich weiß auch nicht, wo ich sie hingetan habe!“, entschuldigte sie sich immer wieder.

„Also Mama, ich mache mir langsam ernsthaft Sorgen um dich“, setzte Anna nun dem ganzen unerfreulichen Treiben die Krone auf. Ihr Blick wanderte durchs Wohnzimmer. Gut, es war hier vielleicht nicht gerade übertrieben ordentlich und steril geputzt, aber schließlich wohnten

wir auch hier, Helga und ich! Dieser verdrießliche Blick, dieses Abschätzen, augenblicklich rumorten meine Eingeweide. Nein, das war alles gar nicht gut, was hier passierte!
„Ach, Marissa, bin ich schon so alt und schusselig, dass sich Anna Sorgen machen muss?“, fragte mich Helga, als die beiden weg waren. Ich schnurrte ihr liebevoll zu. Nein, natürlich nicht! Doch auch in den neun Jahren, die wir mittlerweile zusammen lebten, hatte Helga es noch nicht gelernt, meine Sprache zu verstehen. Na ja, zumindest nicht immer.

Es war an einem sonnigen Nachmittag im Frühsommer, als sich herausstellte, dass Annas Sorgen nicht ganz unbegründet waren. Ich lag dösend auf dem Sofa, als Helga, die sich in der Küche eine Tasse Tee gemacht hatte, auf dem Weg zu ihrem Sessel plötzlich stürzte. Mit einem Aufschrei krachte sie einfach aufs Parkett. Ich sprang sofort auf und rannte zu ihr.
„Ach, Marissa, meine Süße“, stöhnte Helga und drehte sich schwerfällig auf die rechte Seite. Ich umkreiste sie ein paar Mal. Nein, ernsthaft verletzt schien sie nicht zu sein, puh, war das ein Schreck! Während mein Puls immer noch jagte, als sei ein Rudel Schäferhunde hinter mir her, erfasste ich das Problem: Sie kam nicht mehr hoch! Immer verzweifelter werdend, robbte sie schließlich mühsam zum Tisch, auf dem das Telefon stand.
„Ich rufe Stefan an!“, keuchte sie. Zum Glück fragte der

nicht lange, sondern kam einfach. Es dauerte keine Viertelstunde, dann war er zur Stelle und half seiner Omi wieder auf die Füße.

„Wir fahren jetzt trotzdem mal zu deinem Hausarzt, nur sicherheitshalber!“, erklärte er ihr und überzeugte sie schließlich mitzukommen. Zwei Stunden wartete ich auf die Rückkehr der beiden, erst dann konnte auch ich mich entspannt in mein Körbchen zurückziehen: Helga hatte sich zum Glück nur ein paar leichte Prellungen zugezogen.

„Sag bloß kein Wort zu deiner Mutter“, bat Helga ihren Enkel später. Stefan versprach es. Trotzdem schien er besorgt.

„Omi, in zwei Wochen fahre ich nach Schottland, die Treckingtour durch die Highlands, du erinnerst dich?“, fragte er.

Helga nickte. „So vergesslich bin ich nun auch wieder nicht!“, erklärte sie ihm. „Aber du kommst doch wieder zurück, um zu studieren, oder?“

Nun klang sie richtig besorgt. Doch Stefan lächelte sie beruhigt an. „Klar, in zwei Monaten oder so. Mach dir keine Gedanken, Omi, ich weiß noch nicht, was ich studieren will, deshalb hänge ich erst mal ein soziales Jahr dran, ab Herbst. Dann kann ich noch ein bisschen überlegen. Zum Glück habe ich Paps auf meiner Seite! Seit Tante Christina überall rumerzählt, dass es ihm früher genauso ging, kann er ja schlecht meckern!“

Helga grinste kopfschüttelnd. „Na, du bist mir ja vielleicht einer!“

Stefan lachte, wurde aber gleich wieder ernst. „Du, hör mal, ich bin dort nicht so gut zu erreichen, weil wir ja rumklettern und in Zelten schlafen. Du könntest mich zwar auf dem Handy anrufen, allerdings bräuchte ich eine Weile, bis ich dann hier wäre!" Er grinste Helga spitzbübisch an, die nun auch lachen musste.
„Stimmt, wäre ein bisschen weit!", gab sie zu. Und Stefan legte gleich nach: „Ich lasse mir auf jeden Fall noch etwas einfallen, wie du jederzeit schnell an Hilfe kommst!", versprach er.
Helga bemühte sich zwar, ihrem Enkel die Sorgen auszureden, trotzdem war mir wohler, als er nur ein paar Tage später mit einem seltsamen Gerät bei uns auftauchte: ein Notrufmelder, wie er erklärte. Das Gerät sah aus wie ein kleines Radio, und Stefan stellte es auf die Anrichte im Wohnzimmer. Den Signalgeber, der etwas kleiner als eine Streichholzschachtel war, bekam Helga an einer Kordel um den Hals gehängt. Er hatte einen leuchtend roten Knopf, auf den sie im Notfall drücken sollte, um den Rettungsdienst zu alarmieren.
„Und wenn ich wieder zurück bin, besorgen wir dir eine Gehhilfe", versprach Stefan. „Dann kannst du auch draußen wieder mehr rumlaufen!"
„Wir kommen schon zurecht, Marissa und ich", versicherte Helga ihm zum Abschied. „Mach du dir einen schönen Urlaub und keine Sorgen um uns."
Ich wünschte es uns so sehr, aber ich wurde das Gefühl drohenden Unheils einfach nicht los und sah Stefan nach,

als er wegfuhr. Irgendwie wünschte ich, er wäre schon wieder zurück.

Die ersten beiden Wochen lang ging es gut, dann geschah das Unglück: Helga stürzte wieder. Doch dieses Mal war es sehr viel schlimmer, denn sie polterte die Kellertreppe hinab, als sie ein Glas Eingemachtes hochholen wollte. Nun lag sie da, irgendwie verdreht, und wimmerte vor Schmerzen. Ich rannte in Panik ständig um sie herum, dann die Treppe hinauf und wieder hinunter, um sie herum, und immer so weiter. Da war der Notrufmelder, aber es dauerte eine ganze Weile, bis sie sich so weit bewegen konnte, dass sie ihn zu fassen bekam. Sie drückte den Knopf, und eine blecherne Mikrofonstimme vom Sendegerät im Wohnzimmer sagte, dass Hilfe zu ihr unterwegs sei. Diese kam dann zum Glück rasch in Form eines Sanitäters. Der erfasste die Situation sofort und alarmierte den Notarzt. Ich verkroch mich aufs Fensterbrett und sah ihnen nach, als sie Helga auf eine Trage schnallten und mitnahmen. Oh je, nun war ich ganz allein! Was sollte denn nun werden? Ich wünschte, Stefan wäre hier.

Am nächsten Tag kamen Anna und Karl-Heinz. Sie fütterten mich und packten ein paar Sachen für Helga in eine Reisetasche. Dann kam Anna mit meiner Transportbox an, und mir schwante Fürchterliches. Tierarzt? Aber meine Impfung hatte ich doch erst vor drei Monaten bekommen, also was –

„Na komm schön her, Marissa", sagte Karl-Heinz und kniete sich mit knackenden Gelenken neben die Box. „Wir können nicht jeden Tag herkommen, aber wir nehmen dich mit heim zu uns, und wir werden gut für dich sorgen."
Skeptisch beäugte ich die Box, und nach einer Weile ließ ich mich erweichen. Was hätte ich aber auch sonst tun sollen? Allein bleiben und verhungern?

Wenn man Anna und Karl-Heinz eines zugute halten musste, so war es die Tatsache, dass sie mich klaglos bei sich aufnahmen und mich anstandslos mit durchfütterten. Sie hatten sogar mein Katzenklo mitgenommen, und Karl-Heinz hatte die Ehre, sich jeden Tag darum zu kümmern. Nur mein Fell bürstete keiner mehr, leider. Denn die beiden waren ständig auf Achse. Und so sah ich dann auch aus: wie ein verfilzter Flokati.
Helga, so erfuhr ich, lag mit einem Oberschenkelhalsbruch im Krankenhaus. Das musste ziemlich schlimm sein, sie hatte wohl starke Schmerzen. Und vermutlich vermisste sie mich genauso sehr wie ich sie: unsere Streicheleinheiten, unsere Gespräche ... ja, Helga sprach immer mit mir wie mit einem Menschen. Hier wurde ich zwar versorgt, aber nicht geliebt. Wochenlang blieb das so, bis zum September. Und jeden Tag hoffte ich auf bessere Nachrichten aus dem Krankenhaus. Oder darauf, dass Stefan endlich wieder nach Hause kam. Als es dann endlich so weit war, konnte ich es kaum fassen. Mit einem Satz sprang ich auf seinen Schoß und begann ihn zu beschmusen.

„Oh je, Marissa, wie siehst du denn aus?", lachte er. „Komm her, ich bürste dich mal!" Das tat gut! Während er sich mit der Bürste durch mein verknotetes Fell arbeitete, streichelte er mich zwischendurch immer wieder sanft. Nachts schlief ich mit ihm in seiner Mansarde, und die gefiel mir sehr viel besser als der ganze Rest des Hauses.

Gleich am nächsten Tag fuhr Stefan ins Krankenhaus. Als er nach Stunden zurückkam, wirkte er genauso deprimiert, wie ich mich die letzten Wochen gefühlt hatte. „Das ist doch kein Zustand!", machte er sich beim Abendessen Luft. „Wie könnt ihr Oma das nur antun? Ein Pflegeheim, wo sie in einem Dreibettzimmer liegt und den ganzen Tag die Wand anstarren muss! Niemand kümmert sich um sie, eigentlich braucht sie ja wohl eine Reha, aber in diesem Heim liegt sie nur den ganzen Tag lang im Bett und wird immer schwächer!"
Ich schluckte schwer. Oh je, so war das also! Meine arme Helga! Mit einem Schlag fielen mir tausend Situationen ein, in denen sie anderen Menschen geholfen hatte: mit ein paar Handgriffen, indem sie auf Nachbarskinder aufgepasst hatte oder Pakete für die halbe Straße angenommen hatte. Dann dachte ich an früher: Jeden Tag hatte sie für Stefan ein warmes Mittagessen gekocht! Über Jahre hinweg. Und nun? Nun war sie zu krank um aufzustehen? Ich bekam richtig Angst. Stefan indes schien das alles eher wütend zu machen, denn er schimpfte weiter und machte seinen Eltern schwere Vorwürfe.

Klirrend legte Anna ihre Gabel auf den Teller. „Stefan, hast du eigentlich eine Vorstellung, was das alles kostet?", fragte sie ihren Sohn in scharfem Ton. „Wer soll denn dafür aufkommen? Oder hast du die Zeit, die Pflege zu übernehmen!? Mensch, Junge, meckern ist ja so einfach! Aber du ahnst ja nicht, was da alles dranhängt! Deine Omi ist gebrechlich geworden, Stefan! Sie kann nicht mehr alleine leben! Der Haushalt, kochen, putzen, aufräumen, ja selbst ganz einfache Sachen wie eine Treppe runtergehen, das geht eben nicht mehr wie früher! Und dafür sind solche Heime ja schließlich da, nicht wahr?"

„Kostet?", fauchte Stefan verächtlich. „Ist das alles, woran du in diesem Zusammenhang denken kannst? Ans Geld?!" Seine Stimme überschlug sich fast. Krachend schob er seinen Stuhl zurück. „Komm, Marissa", sagte er zu mir. An der Tür drehte er sich nochmals um. „Ich wette, ihr habt sie in den ganzen sechs Wochen nicht ein einziges Mal gestreichelt", sagte er leise. Dann zog er die Tür zu und nahm mich mit nach oben in sein Zimmer, wo er unangenehm laute Musik aufdrehte. War das seine Art, mit seiner Wut und Traurigkeit umzugehen? Seine Hände krallten sich tief in mein Fell, aber ich blieb bei ihm, bis er sich beruhigt hatte. So wie früher, als er sich vor den Klassenarbeiten noch gefürchtet hatte.

„Omi vermisst dich, Marissa", sagte er leise, „das weiß ich genau. Aber du sie bestimmt auch, oder?"

Ich schnurrte zur Bestätigung, doch Stefan sprach längst weiter. „Ihr beide gehört zusammen. Und dieses Pfle-

geheim ... ist eine einzige Katastrophe." Er seufzte und starrte durch das Dachfenster hinaus in die sternenklare Nacht. Ich konnte förmlich sehen, wie es in ihm arbeitete. Irgendwann stand er entschlossen auf.
„Nein", sagte er. „So geht das nicht. Ich muss etwas unternehmen."

Und das tat er auch. Während der nächsten Tage war er fast nur unterwegs. Als er dann eines Nachmittags strahlend heimkam, wusste ich, er war erfolgreich gewesen. Neugierig drückte ich mich unter dem Esstisch herum, als er seine Eltern zusammentrommelte.
„Jetzt habe ich etwas gefunden", verkündete Stefan seinen Eltern. „Es ist eine Wohnanlage für Senioren. Oma kann dort nicht nur ein Apartment beziehen, sondern sie bekommt auch genau die Hilfe, die sie braucht. Also mit Einkaufen und Putzen. Essen kann sie dort entweder im Speisesaal oder in ihrem Apartment. Sie kann auch ihre eigenen Möbel mitnehmen und –" er machte eine Kunstpause, und hier hätte eigentlich ein Tusch ertönen müssen – „Marissa kann auch mitkommen! Die Bewohner können Tiere halten, alles außer Alligatoren und Kampfhunden."
Ich konnte mein Glück kaum fassen und drückte mich fest an seine Beine. Würden wir wirklich wieder zusammen leben, Helga und ich? Das wäre doch ein Traum!
Jedenfalls war er felsenfest entschlossen, seiner Omi zu helfen. Doch seine Eltern waren nicht einfach zu überzeugen. Gleich am nächsten Morgen setzte er die Debatte

mit seinen Eltern fort, noch bevor die zur Arbeit gingen.
„Du hast doch keine Ahnung, was das alles kostet!“, wies ihn Anna zurecht. „Wovon sollen wir das bezahlen? Und dann kommt noch dein Studium dazu ...“
„Genau“, sagte nun auch Karl-Heinz, der sich relativ selten vernehmen ließ. „Falls du dich denn mal entscheiden kannst, was du eigentlich studieren möchtest.“
„Entscheidet ihr es doch für mich!“, gab Stefan zurück. „Ihr seid doch erstklassig darin, über anderer Leute Leben zu entscheiden. Aber vergesst bloß nicht, das Billigste auszusuchen!“
Damit stürmte er die Treppe zu seinem Zimmer hinauf, wo ich schon auf dem Treppenabsatz wartete. Aber selbst hinter verschlossener Tür hätte ich noch alles mithören können. Laut genug waren sie ja. Am Abend ging es dann weiter. Und am nächsten Morgen, Mittag und Abend. Eigentlich wurde in den folgenden Tagen in diesem Haus nur noch rumgeschrieen, was mein empfindliches Gehör massiv malträtierte. Andererseits, hier ging es auch um mich. Und ich hatte mich noch nie in meinem Leben so hilflos gefühlt! Wenn ich Stefan doch nur irgendwie hätte helfen können! Aber so musste er ganz allein für Helga kämpfen. Sie wäre so stolz auf ihn!
Die Diskussion drehte sich im Kreis, und selten kamen mal neue Argumente auf den Tisch. Die Tatsachen indes waren unverrückbar: Helga würde künftig Hilfe brauchen. Und die bekam sie Annas und Karl-Heinz’ Meinung nach nur in einem Pflegeheim.

„Verdammt, Stefan, die Leute dort sind ausgebildet, haben Erfahrung im Umgang mit älteren, gebrechlichen Leuten, die auch solche Verletzungen wie deine Oma haben. Genau dafür sind diese Heime da!", beharrte Anna.

„Aber warum muss es ausgerechnet dieses Heim sein?", fragte Stefan.

„Weil es hier in der Nähe liegt und wir die Kosten von Omas Rente decken können, ohne ein Vermögen draufzuzahlen!" Anna war sichtlich entnervt.

„Aber Omis Häuschen ist doch auch noch da", argumentierte Stefan nun. „Das ist doch auch was wert. Und mit ihrer Pension und dem Zuschuss von euch würde das doch reichen."

Anna verdrehte die Augen. „Die Immobilienpreise sind total im Keller, Stefan", klärte sie ihn auf. „Wir können von Glück sagen, wenn wir überhaupt einen Käufer finden im Moment. Und dann muss die Heizung ausgetauscht werden, das Dach ist schlecht isoliert, also insgesamt ist das Haus renovierungsbedürftig."

„Und vermieten?", hakte er nach. Er gab nicht auf. Sein Kampfgeist und seine Ausdauer beeindruckten mich zutiefst.

Seine Eltern sahen sich an. „Wenn wir jemanden finden, der es mieten will", sagte Karl-Heinz etwas lahm. „Was vermutlich genauso schwierig werden dürfte wie das Verkaufen."

„Ihr habt es also nicht mal probiert!", stellte Stefan kühl fest. Und seine Eltern protestierten nicht einmal dagegen.

Es dauerte rund zwei Wochen, dann hatte der Bursche es tatsächlich geschafft. Wieder einmal. Er wurde langsam wirklich erwachsen.

„Ich habe Mieter für Omis Häuschen gefunden“, erklärte er seinen Eltern triumphierend. „Es war auch gar nicht mal so schwer. Eine Annonce im Stadtanzeiger und dann hab ich's noch in einer Online-Immobilienbörse eingestellt und bitte! Die Interessenten, die ich euch gern vorstellen würde, sind sogar bereit, die Renovierungen zu übernehmen.“

„Ach?“, sagte seine Mutter und warf ihm einen merkwürdigen Blick zu. „Sie würden die Kosten für die Renovierung übernehmen? Wo ist der Haken? So was gibt es nicht!“

„Ach, Mama, was du immer gleich denkst!“, wischte Stefan ihren Einwand erstaunlich gelassen vom Tisch. „Ja, das würden sie. Und ich habe mir erlaubt, ihnen zu sagen, dass ihr euch freuen würdet, sie als Mieter zu bekommen. Und das tut ihr sicher auch, wenn ihr die Details kennt!“

Karl-Heinz zerknüllte seine Serviette, während Anna nun bloß noch düster vor sich hin starrte.

„Du hättest uns vorher fragen müssen“, hielt sie Stefan nun vor. „Immerhin ist sie meine Mutter!“

„Aber sie ist meine Omi!“, konterte Stefan. „Und ich finde, sie sollte ein gutes Leben haben. So gut wie irgend möglich.“

Anna schüttelte erbost den Kopf, offenbar war sie von Stefans Alleingang wirklich überrascht, im Gegensatz zu

mir. Wie gut kannte sie ihren Sohn eigentlich? Und Karl-Heinz, der sagte gar nichts, wie immer.
„Das ist doch Wahnsinn!“, brummte er irgendwann und geriet dadurch in Stefans Visier.
„Nein, das ist es nicht. Im Gegenteil, Papa. Sieh mal, meine schönsten Kindheitserinnerungen haben alle was mit Omi zu tun! Ich war ja praktisch ständig bei ihr, weil ihr nur gearbeitet habt. Oh nein!“, sagte er sofort zu Anna, „das ist kein Vorwurf, ihr wart immer bemüht, aber wenn wir ehrlich sind, hattet ihr nie Zeit für mich. Omi hatte immer Zeit. Und sie war immer da. Für mich, für euch, für die halbe Straße. Und genau deshalb werde ich jetzt alles tun, damit es ihr gut geht. Eigentlich muss ich auch gar nicht studieren, zumindest nicht sofort. Ich wollte ohnehin ein freiwilliges soziales Jahr einlegen, das kann ich auch in dieser Seniorenanlage. Und dann kann ich mir auch erst mal einen Job suchen und Geld sparen. Das machen so viele andere auch. Dann habt ihr da nicht auch noch Kosten! Mama, ich verlange doch nicht, dass ihr beide Omi hier aufnehmt und sie persönlich pflegt. Ich verlange nur, dass ihr ihr noch ein paar schöne Jahre ermöglicht! Das hat sie verdient. Oder wollt ihr etwa so enden? Allein, mit fremden Leuten eingesperrt in ein Dreibettzimmer mit kahlen Wänden? Weil ich lieber auf höhere Immobilienpreise warten will, bevor ich euer Haus verscherbele?“
Ich lauschte gebannt. Das war ein Argument, das seine Eltern nicht so einfach vom Tisch fegen konnten! Und er

meinte es absolut ernst. Bisher hatte er nur hin und wieder als Kellner in einer Kneipe gejobbt.
„Es ist dir also wirklich ernst damit?", fragte Anna mit einer Mischung aus Resignation und Ärger. „Du willst um jeden Preis deinen Willen durchsetzen, darum geht es ja wohl. Und was wir für Pläne haben, spielt dabei keine Rolle für dich."
„Und was Oma für Pläne hatte, spielt für euch keine Rolle. Könnt ihr euch nicht mal in ihre Situation versetzen? Das ist doch alles, worum ich euch bitte! Stellt euch einfach mal vor, jeder von euch für sich alleine in einem Altersheim. Nichts zu tun, keine Beschäftigung, niemand, der sich um einen kümmert, und ohne das geliebte Haustier, an das man gewöhnt ist."
„Stefan, das geht wirklich ein bisschen zu weit", sagte Karl-Heinz in ruhigem Ton. „Lass mal lieber die Details hören. Die würden das Haus also nehmen und selber renovieren. Und was verlangen sie dafür?" Indem er das Thema wechselte, versuchte er offenbar zu vermitteln. Damit lenkte er das Gespräch endlich in die richtigen Bahnen. Nun war Stefan wieder in seinem Element.
„Also, wir reden von einem Ehepaar Mitte Dreißig, zwei Kinder, die mir offen gesagt haben, dass sie sich keinen Kredit für ein Haus leisten können. Aber sie sind beide handwerklich äußerst talentiert und haben eine Menge Freunde, die mit anpacken. Gegen eine Mietpreisbindung und generell eine moderate Miete würden sie sich verpflichten, das Haus zu renovieren. Die Leute machen

einen ordentlichen Eindruck, wirklich!“ Anna zog die Stirn kraus.
„Na, die muss ich mir erst mal angucken!“, brummte sie. Damit war der Bann gebrochen.

Gleich am nächsten Morgen stürzte sich Stefan in die Vorbereitungen für den Umzug. Auch wenn Anna ihn noch versuchte auszubremsen.
„Erst will ich die Leute sehen, bevor ich irgendwas unterschreibe!“, hatte sie gesagt. In Windeseile hatte Stefan daraufhin ein Treffen organisiert. Ob es sein Engagement oder die unverhohlene Drohung bezüglich ihrer eigenen Unterbringung im Alter war, weiß ich nicht, aber Anna sagte sogar einen Termin ab, um sich mit den potentiellen Mietern zu treffen.
„Meine Güte, die waren vielleicht euphorisch!“ Als sie Karl-Heinz und Stefan von ihrem Treffen berichtete, war sie immer noch ganz verdattert. „Was die alles aus dem Garten machen wollen, na, da haben sie sich ja was vorgenommen!“
„Lass sie doch, solange sie die Miete pünktlich zahlen!“, meinte Karl-Heinz gewohnt phlegmatisch. „Immerhin schließen die Mieteinnahmen die Finanzierungslücke zum jetzigen Pflegeheim, und darauf kommt es an.“
Wo er Recht hatte, hatte er Recht.

Knapp zwei Wochen später war es dann so weit. Mir zitterten die Barthaare vor lauter Aufregung. Über drei

Monate hatte ich Helga nicht mehr gesehen, und nun brachte mich Stefan samt meinen Sachen in unser neues Apartment. Dort waren auch unsere gewohnten Möbel, vor allem aber meine überglückliche Helga.
„Mein Gott, Marissa, dass wir das noch erleben!“ Sie weinte vor Freude und wollte weder mich noch Stefan wieder loslassen.
„Keine Bange, Omi, ich komm jetzt öfter. Ich habe dir doch von dem freiwilligen sozialen Jahr erzählt!“
„Das habe ich mir gemerkt!“, unterbrach sie ihn prompt. Ja, das war meine Helga, so wie ich sie kannte.

„Ich wollte ja nur sagen, dass ich das hier in dieser Apartmentanlage ableiste. Und jeden Tag bei dir vorbeischaue!“
„Jeden Tag?“, fragte Helga skeptisch, doch ich sah, wie ihr der Schalk im Nacken saß. Ja, sie lief wieder zur alten Höchstform auf. „Dann muss ich mir ja etwas einfallen lassen, wie ich dich bei Laune halte, was?“
Nun lachten auch endlich Stefans Eltern, die natürlich mitgekommen waren. Als wir endlich alleine waren, ließen Helga und ich uns auf unserem Sofa nieder.
„Ach, meine Marissa, jetzt ist alles wieder gut. Hier können wir noch ein paar schöne Jahre zusammen verleben und zusehen, was Stefan aus sich macht.“
Ich schnurrte voller Zustimmung und war mir in einer Sache absolut sicher: Um Stefan mussten wir uns die allerwenigsten Sorgen machen.

DER HIMMLISCHE KATER

Untereich ist ein recht kleines Dorf, in dessen ungefährer Mitte sich der Dorfplatz befindet. Die Hauptstraße gabelt sich vorher und führt an beiden Seiten vorbei wie zwei Flussläufe an einer Insel. Unsere Gemeinde trägt den Namen Sankt Hedwig, und unsere restaurierte Barockkirche samt Seitenkapelle zählt zu den Sehenswürdigkeiten der Umgebung und wird sogar in einigen Reiseführern empfohlen. Es ist ein ruhiger Ort, einer, an dem eigentlich nichts Schlimmes passiert. Doch selbst dafür gibt es Ausnahmen: der Nachmittag, als ich dachte, die Welt geht unter.

Ich bin Goliath. Schwarz-weiß-getigert und acht Jahre alt. Ach ja, ich bin natürlich ein Kater. Und ich lebe bei Pfarrer Schneider und seiner Schwester Anni. Anni liebt Krimis, und sie liebt mich. Obwohl ich alles, nur kein Goliath bin. Den Namen hatte damals Pfarrer Schneider ausgesucht, als ich noch ein kleines Katzenbaby war und niemand absehen konnte, dass ich mich zu einem ausgesprochenen Angsthasen entwickeln würde. Laute Geräusche waren mir ein Gräuel, regelmäßig mutmaßte ich, dass eine Katastrophe hereinbrechen könnte, und flüchtete mich dabei schnell und ohne Rücksicht auf Verluste unter das Sofa. Meist rannte ich dabei irgendetwas um: Blumentöpfe, Fressnäpfe und sonstige meinen Fluchtweg versperrende Gegenstände. Und bis heute schaffe ich es nicht, mein Katzenklo so zu benutzen, dass Anni danach nicht die Katzenstreu vom Teppich fegen muss. Einmal habe ich mich sogar auf unserem Dachboden verlaufen und fand nicht mehr zur Treppe zurück. Und mein einziger Versuch, bis in den Wipfel unseres Pflaumenbaumes zu klettern, endete damit, dass mich die Feuerwehr von dort retten musste.

An jenem Tag war es mal wieder so weit – ich fühlte es. Anni auch, denn den ganzen Vormittag über hatte die schwüle Augusthitze über dem Dorf gehangen. Dank meines untrüglichen Instinkts ahnte ich, dass ein Gewitter in der Luft lag! Ich tigerte unruhig von einem Zimmer ins andere, in der festen Absicht, es dieses Mal besser zu machen. Noch war mein Fluchtweg offen, und ich hoffte inständig, dass es so bliebe.

Pfarrer Schneider warf einen besorgten Blick nach Norden, wo der Himmel in der Ferne schon von dichten, dunkelgrauen Wolken bedeckt war. Er schaltete das Radio ein und das erste, was wir vernahmen, war eine Unwetterwarnung. Damit brach hektische Betriebsamkeit aus: Der Pfarrer brachte seinen Wagen in die Garage, und Anni hastete durchs Haus, um alle Fenster zu schließen. Dann ging es los, zunächst ganz harmlos mit einem kühlen Luftzug und einigen Regentropfen. Doch kurz darauf zerriss ein gewaltiger Donnerschlag die Stille. Ich duckte

mich neben das Küchensofa, um beim ersten Blitz darunter zu verschwinden. Anni und Pfarrer Schneider hatten alle Elektrogeräte ausgesteckt und saßen bei mir in der Küche. Innerhalb weniger Minuten wurde der Wind zum Orkan, der alles mit sich riss, was nicht gedübelt und geschraubt war. Es war dunkel, trotzdem sahen wir durchs geschlossene Küchenfenster, wie Blumenkästen und Satellitenschüsseln durch die Gegend flogen; die Zeitungsbox von gegenüber fiel um und schlitterte quer über die Straße. Es blitzte, und für Sekundenbruchteile war es taghell im Haus. Ich kniff die Augen zu und sprang unters Sofa, auf dem meine beiden Menschen saßen.
Der Donner krachte, dann prasselten Hagelkörner herab. Es hörte sich an wie ein Konzert verschiedener Trommeln. Ich drückte mich dicht an die Wand und mein Herz raste und ratterte wie unser alter Rasenmäher. Dann ließ das Unwetter ein kleines bisschen nach. Ich hörte, wie meine Menschen aufschnauften, und begann selbst, mich etwas zu entspannen. Doch gerade als ich ganz zaghaft mein linkes Auge ein bisschen öffnete, krachte es wieder, als wäre eine Kanone im Nebenzimmer abgefeuert worden. Anni schrie auf, es krachte nochmals, und dann war es dunkel. Pfarrer Schneider stürzte hinaus.
„Anni, der Keller ist überflutet!“, rief er kurz darauf, und wir hörten ihn dort unten rumoren. Dann war es plötzlich still.
„Herbert? Alles in Ordnung?“, rief Anni. „Komm doch wieder rauf, wir müssen sowieso warten, bis alles vorbei ist!“

Das dauerte noch eine Weile, aber schließlich wurde der Donner immer leiser, der Hagel hörte auf, und es blitzte nur noch weit entfernt.
Wir entspannten uns etwas, aber nur vorübergehend. Als Pfarrer Schneider die Tür zum Garten öffnete, wehte ein kühler Luftzug herein. Ich schlich zur Tür, allerdings ganz vorsichtig und jederzeit zum blitzartigen Rückzug bereit, falls es wieder losgehen sollte. Der Garten lag voller Hagelkörner, manche so groß wie Hühnereier! Nun war es auch wieder hell draußen, sogar außergewöhnlich hell.
„Sieh dir das an! Die Eiche!" Pfarrer Schneider wurde so blass, dass ich fürchtete, er könnte in Ohnmacht fallen. Doch stattdessen ging er los, durch die nasse Wiese und hinüber zum Dorfplatz. Die Abdeckung des Brunnens war nur noch zur Hälfte vorhanden, und auf den ersten Blick wirkte der ganze Platz wie ein Dschungel, weil so viele Äste herumlagen. Zwei der drei alten Eichen waren so gut wie entlaubt, doch die dritte hatte ihre gesamte Krone eingebüßt. Der Sturm hatte sie abgerissen und davongeschleudert. Allerdings nicht weit, nur bis zur Kirche. Dort war sie durch das Dach gekracht. Rund um die Kirche lagen zerschmetterte Dachziegel, Teile des Dachgebälks und noch mehr Äste. Die Baumkrone saß leicht schräg auf dem Kirchendach und bedeckte dessen eine Seite komplett, die andere etwa zur Hälfte, so dass das ganze Gebäude entfernte Ähnlichkeit mit einem krumm gewachsenen Pilz hatte.

Mein Pfarrer war fassungslos, und es dauerte eine Weile, bis er imstande war, die Kirche zu betreten. Ich folgte ihm in sicherem Abstand. Drinnen traf ihn fast der Schlag. Das Dach war durch die Eiche fast völlig zerstört, ebenso eine Längsseite des Kirchenschiffes, deren Fenster allesamt zerbrochen waren. Die Wand selbst war teilweise eingebrochen, und was davon noch stand, machte den Eindruck, als würde es jeden Moment einstürzen. Ströme von Regenwasser liefen die Wände hinab und bildeten Lachen auf dem Boden.

Anni schluchzte. Mittlerweile hatte sich das halbe Dorf vor und in der Kirche versammelt und bestaunte fassungslos den Schaden. Selbst die Sakristei war völlig zerstört, auch dort tropfte das Wasser hinein.

„Ob da noch viel zu retten sein wird?“ Bürgermeister Hallig schüttelte bedenklich den Kopf. „Vor allem, was das wieder kostet!“

„Wir brauchen einen Notfallplan!“, brachte mein Pfarrer die Sache auf den Punkt. „Die Wertgegenstände müssen gesichert und ausgelagert werden. Dann sollte der Innenraum gegen Wasser geschützt werden, vielleicht können ja Planen helfen! Und dann die Fenster …“

„Der Tresor ist fest verankert, den kriegen wir nicht raus!“ Bürgermeister Hallig sah unseren Pfarrer fragend an.

„Hier ist die Sicherheit jedenfalls nicht gewährleistet, die Feuerwehr und die Polizei in der Gegend haben wegen des Unwetters kein Personal frei, außerdem glaube ich, der Tresor ist beschädigt. Ich schlage vor, wie räumen al-

les raus, und Sie sprechen mit dem Bischof, wie zu verfahren ist. Sie können mein Handy benutzen!"
Er hielt meinem Pfarrer einen kleinen Gegenstand unter die Nase, in den dieser kopfschüttelnd und immer noch bleich vor Schreck irgendwas eintippte.
„Ja, bis morgen früh können wir die Sachen provisorisch ins Pfarrhaus bringen!", hörte ich ihn zustimmen. „Verstehe, keine andere Möglichkeit. Sie haben Recht, es ist ja auch schon spät. Und für ein paar Stunden wird es gehen. Viel mehr Sorgen mache ich mir um unsere Kirche ..."
Von oben plätscherte immer noch Wasser auf meinen Kopf. Was hasste ich diesen Regen! Ich verkroch mich unter eine Kirchenbank, doch auch da tropfte es hin. Im Zickzackkurs huschte ich durch die Beine der Gemeindemitglieder nach draußen. Ich kam gerade noch rechtzeitig wieder im Pfarrhaus an, um den Freiwilligen im Weg zu stehen, die begonnen hatten, die goldene Monstranz und andere Kirchenschätze zu evakuieren.
„Husch, husch, Goliat!", verscheuchte mich Romy, die Tochter des Bürgermeisters. Sie war eigentlich recht nett, zumindest versuchte sie mich zu schützen, indem sie sich vor mich stellte, so dass mir keiner der Träger auf die Pfoten treten konnte.
„Am besten gehst du aus dem Weg!", riet sie, doch zu spät, im nächsten Moment trat mir der Einsatzleiter der Freiwilligen Feuerwehr auf die Schwanzspitze. Ich heule auf und rettete mich in die Küche.

„Wir haben die Lage unter Kontrolle!“, versicherte er Anni. „Wir kümmern uns jetzt um die Absicherung des Kircheninnenraumes und stützen den Dachstuhl ab. Der könnte sonst jeden Moment einstürzen. Die Sakristei hat es am ärgsten getroffen. Und nehmen Sie mal die Katze weg! Die ist hier im Weg.“

Ich funkelte ihn böse an. Natürlich saß ich im Weg, aber konnte er nicht aufpassen, wo er hintrat? Als ein paar Gemeindemitglieder den barocken Altaraufsatz hereintrugen, machte ich, dass ich wegkam. Es war schon Abend, als der Pfarrer andächtig die geretteten Gegenstände in unserem Wohnzimmer bestaunte: den Abendmahlskelch, die Strahlenmonstranz, das Ziborium, zwei vergoldete Leuchterengel, die Pietà und noch einiges anderes. Auch die liturgischen Gewänder, Altartücher und ein paar alte Kerzenständer, gestiftet von ehemaligen Gemeindemitgliedern, waren gerettet worden. Normalerweise wurden die liturgischen Geräte in einem Tresor in der Sakristei aufbewahrt, deshalb hatte ich sie bislang auch kaum zu Gesicht bekommen – den Gottesdienst besuche ich nicht so oft –, aber der stand nun beschädigt, wenn auch im Boden verankert, in der zerstörten Sakristei. Und einen eigenen Tresor gab es hier im Pfarrhaus natürlich nicht.

Pfarrer Schneider sah aus dem Fenster. Er konnte seinen Blick einfach nicht von der halb zerstörten Kirche abwenden. Mit versteinerter Miene starrte er die Trümmer an und seufzte dabei immer wieder auf. Schließlich zog er sich in sein Arbeitszimmer zurück. Anni brachte ihm noch eine Tasse Tee, dann saßen wir beide im Wohnzimmer. Als das Telefon klingelte, zuckten wir beide zusammen. Wenigstens funktionierte es wieder! Erleichtert nahm Anni ab.

„Ah, ein Reporter!“, murmelte sie und begann ihn erst zögerlich, dann immer lebhafter die Ereignisse und deren Folgen zu schildern.

„Ja, eine Sammelaktion wäre gut!“, freute sie sich. „Dann können wir das Dach und die Sakristei schnell reparieren lassen, und die Pietà kann wieder in die Kirche zurück!“ Sie hörte ihrem Gesprächspartner aufmerksam zu, dann begann sie ihm aufzuzählen, was alles gerettet werden konnte.

„Ja, dem Herrn sei Dank!“, beendete sie das Gespräch.

Ich war schon halb eingeschlafen, deshalb bekam ich auch nur noch am Rande mit, dass mein Pfarrer mit dem Bischof telefonierte. Es ging, so weit konnte ich dem Gespräch noch folgen, darum, wo die wertvolleren Gegenstände bis zur vollständigen Wiederherstellung der Kirche aufbewahrt werden sollten.

„Hier im Pfarrhaus sind sie jedenfalls nicht sicher!“, hörte ich den Pfarrer sagen. „Ja, schicken Sie morgen am besten einen Mitarbeiter, der sie abholt. Ich glaube, ich kann erst wieder aufatmen, wenn alles in Sicherheit ist!“

Zum Glück war ich wirklich viel zu müde, sonst hätte ich gleich wieder Angst bekommen, so aber rollte ich mich auf meinem Kissen zusammen, schlang den Schwanz um die Pfoten und schlief ein.

Als ich wieder aufwachte, war mir sofort klar, dass etwas nicht stimmte. Zwar war es noch immer stockdunkel und im ersten Moment hätte ich nicht einmal sagen können, was mich so erschreckte, denn alles schien ganz normal zu sein. Aber ich war durch ein Geräusch geweckt worden, das hier nicht hingehörte! Ich spitzte meine Ohren und lauschte. Da war es wieder! Vorsichtige, tastende Schritte in der Diele! Selbstverständlich kannte ich die Schritte des Pfarrers ebenso wie die von Anni, doch es war keiner der beiden, das war mir sofort klar. Mein Nackenfell stellte sich auf und ich konnte gerade noch ein Knurren zurückhalten. Mein Herz begann zu rasen, und meine Kehle wurde ganz trocken. Wer war das? Und vor allem: Was sollte ich jetzt nur tun? Offenbar war ein Fremder ins Haus eingedrungen, und da er sich in der Diele befand, schnitt er mir den Weg zu den Schlafzimmern des Pfarrers und Annis ab. Ich konnte sie weder warnen noch bei ihnen Schutz suchen, und ich muss gestehen, dass mir Letzteres äußerst ratsam erschien.
Unhörbar für menschliche Ohren verließ ich mein Kissen und schlich zur Tür. Falls der Eindringling das Wohnzimmer betreten sollte, konnte ich blitzschnell an ihm vorbeiflitzen, mit drei Sätzen die Diele durchqueren, die Treppe hinaufhuschen und wäre in Sicherheit. Gespannt starrte ich zur Tür. Da fiel ein schmaler Lichtstreifen unter dem Türspalt durch. Der Schein einer Taschenlampe! Nun war klar, das war kein Freund, der da durchs Haus schlich! Mein Herz tat einen Sprung, doch ich versuchte

mich zu beruhigen. Als ich hörte, wie er vorsichtig die Türklinke hinunterdrückte, war ich sicher, jeden Moment vor Schreck zu erstarren. Nun hörte ich auch sein Atmen und konnte ihn riechen, eine Mischung aus Angstschweiß und Rasierwasser. Er öffnete vorsichtig die Tür zum Wohnzimmer, und ich stürmte kopflos zu der sich öffnenden Tür, um an dem Eindringling vorbeizusprinten. Aber wieder einmal, wie so oft, machte mir meine Ungeschicklichkeit einen Strich durch die Rechnung. Das nächste, was passierte, war, dass ich praktisch in ihn hineinrannte. Er trat mir mit voller Wucht auf den Schwanz, der ja durch den Feuerwehrmann schon leicht lädiert war. Mein Schmerzschrei, den ich nicht unterdrücken konnte, war so laut, dass sämtliche Operndiven der Welt dagegen geklungen hätten wie das Rascheln von Birkenblättern. Der Einbrecher stolperte erschrocken über seine eigenen Füße, ich sauste an ihm vorbei, während er sich wieder aufrappelte, etwas klapperte und krachte. Mir fiel etwas Hartes auf den Kopf, im Obergeschoss ging Licht an, und dann drehte sich der Eindringling um und rannte davon, durch die offene Haustür.

Als der Spuk vorbei war, besah ich mir die Schäden. Das Wichtigste: Mein Schwanz war noch dran und tat von Sekunde zu Sekunde weniger weh! Das Teil, das mir auf den Kopf gefallen war, war ganz offensichtlich ein Autoschlüssel, einer dieser hübschen, mit denen man per Knopfdruck die Türen entriegeln und die Alarmanlage betätigen konnte. Noch während ich benommen an meiner Schwanzspitze herumleckte, kamen der Pfarrer und Anni angestürzt. In Schlafanzug und Nachthemd. Der Pfarrer besah sich sofort die Eingangstür.

„Das war ein Einbruch!!“, stellte er sachlich fest. Doch Anni hörte ihm nicht zu, besorgt beugte sie sich zu mir runter und strich mir zärtlich übers Köpfchen.

„Na, Goliath, hat dir der böse Mann was getan?“

Ich genoss ihre Streicheleinheiten und ihre Besorgnis. Und weil sie mich so nett liebkoste und sich um mich sorgte, stupste ich den Schlüssel in ihre Richtung. Eine Trophäe hatte ich ja vorzuweisen.

Derweilen stürmte der Pfarrer zum Telefon und informierte die Polizei. Die kam auch ziemlich schnell.

„Fehlt etwas?“, wollte gleich der erste Uniformierte wissen.

„Nein, alles da! Er kam wohl nur bis in den Flur!“, erklärte ihm Pfarrer Schneider.

„Bewahren Sie nicht die Wertgegenstände aus der Kirche hier auf?“, fragte nun der zweite Polizist, der sich vorsichtig an mir vorbei geschlängelt hatte. Der Pfarrer nickte.

„Sie meinen, der Einbrecher war deswegen hier?“

Die beiden Beamten zuckten mit den Schultern und warfen sich einen vielsagenden Blick zu. Der ältere der beiden, ein leicht korpulenter Mittfünfziger, wandte sich an den Pfarrer.

„Hier ist noch nie eingebrochen worden, Herr Pfarrer!“, stellte er klar. „Und fast alle haben mitgeholfen, die be-

schädigte Kirche zu räumen, inklusive Sakristei und Tresor! Und just ein paar Stunden später wird bei Ihnen eingebrochen? Das klingt mir nicht nach einem Zufall!"
Der Pfarrer wurde aschfahl. „Aber woher wusste der denn ...?", stotterte er. „Oder glauben Sie, dass ein Gemeindemitglied dahintersteckt?"
Nun wurde mir ganz seltsam zumute! Ich lebte, so lange ich denken konnte, in dieser Gemeinde! Ich kannte alle, von Anfang an! Und einer von ihnen soll der Einbrecher gewesen sein? Das konnte ich einfach nicht glauben. Aufgeregt tigerte ich hin und her. Die Worte des Beamten gingen mir einfach nicht aus dem Kopf. Aber je länger ich darüber nachdachte, desto sicherer wurde ich mir, dass es niemand war, den ich kannte.
Plötzlich fiel Anni etwas ein. „Der Reporter!", rief sie.
„Wovon redest du?", fragte der Pfarrer.
„Ein Reporter hat hier angerufen, nachdem wir alles ins Haus gebracht hatten", berichtete sie.
„So? Davon hast du kein Wort gesagt!", meinte der Pfarrer.
„Ich habe es nicht für wichtig gehalten!", verteidigte sich Anni. „Jedenfalls sagte er, er sei ein Reporter des Tagblatts, und er wollte wissen, wie schlimm die Schäden an der Kirche waren. Da habe ich ihm erzählt, dass Kirche und Sakristei schwer beschädigt wurden, wir aber die wertvollsten Gegenstände retten konnten. Er fragte mich, ob wir sie auch sicher verwahrt hätten, und ich – ich habe ihm gesagt, im Pfarrhaus wären sie sicher!" Jetzt schluchzte sie, als ihr aufging, dass sie damit den Ein-

brecher quasi ins Pfarrhaus eingeladen hatte. Der Pfarrer runzelte die Stirn.
„Na ja, immerhin haben wir ja das hier!“ Der ältere Uniformierte griff nach meiner Trophäe und ging nach draußen. Sein Kollege und der Pfarrer folgten ihm, also schlossen Anna und ich uns an. Mit einer sicheren Bewegung drückte der Beamte auf den kleinen Knopf und siehe da, ein Kleinbus, der in der Nähe geparkt war, begann zu blinken.
„Haben wir dich“, sagte der Polizist und machte sich daran, das Wageninnere zu inspizieren. Der Rest ist Kriminalgeschichte, in anderen Worten, die Spurensicherung nahm sich des Wagens an, während die Fahndung nach dem Halter des Kleinbusses anlief.
Den Rest der Nacht verbrachte ich jedenfalls sicherheitshalber auf dem Sessel in Annis Schlafzimmer. Die Haustür war provisorisch repariert worden, so dass wir noch etwas Ruhe fanden.
Am nächsten Tag kamen die beiden Beamten noch einmal, um uns stolz zu berichten, dass sie den Einbrecher gefasst hatten und er geständig war. Ein vorbestrafter Dieb hatte von dem Schaden an der Kirche gehört und wollte seine Chance nutzen.
„Pech nur, dass Ihr Kater Alarm geschlagen und damit den Diebstahl verhindert hat“, beendete der Beamte seine Ausführungen und lächelte mich an. „Dadurch muss der Einbrecher so erschrocken sein, dass er den Autoschlüssel fallen ließ und uns damit die Arbeit leicht machte.“ Er

beugte sich über den Tisch und kraulte mir den Kopf.
„Und hübsch ist er außerdem“, sagte er. „Wirklich ein himmlischer Kater!“
Klar, er wusste ja nicht, dass ich die Ungeschicklichkeit in Person war. Jedenfalls normalerweise ...

FELICITAS, DIE FRIEDHOFSKATZE

Es war ein Dienstagvormittag Anfang Februar, als die Glocken unserer alten Dorfkirche ungewöhnlich viele Menschen auf den Friedhof riefen. Ich duckte mich hinter einer entlaubten Hecke, um nicht gar so aufzufallen. Mein Fell ist schneeweiß und deshalb bin ich zwischen den Grabsteinen und Efeuranken auch kaum zu übersehen, werde aber von den meisten Trauergästen nicht bewusst wahrgenommen. Als die schwere Holztür sich öffnete, wurden gleich zwei dunkle Holzsärge hinausgeschoben. Dahinter sah ich sie. Ein Mädchen von ungefähr acht Jahren, blond gelockt, mit versteinerter Miene. Ihr kurzer schwarzer Mantel war hochgeschlossen, jemand hatte ihr einen roten Schal um den Hals gelegt, der wie ein blutroter Farbtupfer in all dem Schwarz wirkte. Sie weinte nicht. Ihr Gesicht war geradezu unbeweglich und ihr Blick verlor sich irgendwo in der Ferne. Die alte Dame neben ihr hielt ihre Hand fest umklammert. Ich kannte sie vom Sehen: Abteilung D, Reihe 2. Sie kam zu allen Feiertagen und natürlich im Sommer regelmäßig zum Gießen. Ich schlich dem Trauerzug hinterher. Gegenüber einer

alten Engelfigur sah ich zwei ausgehobene Gruben. Ich duckte mich gegen die Figur und ließ die Kleine nicht aus meinen grünen Augen. Dann trafen sich unsere Blicke und das Unbegreifliche geschah: Sie riss sich von der Hand der alten Dame los und stürmte auf mich zu.
„Marie! Marie!“, rief diese nach einem gewissen Zögern. „Komm schon, Liebling!“
Ich war reflexartig hinter dem Engel verschwunden und duckte mich in die kahlen Äste einer Hecke.
„Miez, miez, miez!“, hörte ich sie rufen. Ein Flüstern nur. Heiser und flehend. Ich rang eine Sekunde mit mir, nein, ich konnte sie nicht vor der Hecke stehen lassen. Entschlossen kroch ich aus meinem Versteck, direkt in Maries ausgestreckte Arme.
„Du bist aber eine schöne Katze!“, flüsterte sie. „Mama hat immer gesagt, ich kriege eine.“
Plötzlich wusste ich es! In den beiden schwarzen Särgen lagen ihre Eltern! Wie furchtbar! Mir sträubten sich sämtliche Haare, während Marie mich unbeirrt weiter streichelte. Inzwischen war auch die Frau näher gekommen, ihre Großmutter, wie ich mir zusammenreimte.
„Komm, Schatz!“, versuchte sie Marie zurück zum Trauerzug zu bewegen. Doch Marie ließ nicht von mir ab. Also tat ich, was ich tun musste, und begleitete sie. Stückchen für Stückchen, Meter für Meter näherten wir uns den beiden Särgen. Plötzlich griff Marie nach mir und hob mich hoch. Und ich war viel zu überrascht, um mich rechtzeitig zu wehren.

„Du bist aber schwer!“, murmelte sie und drückte mich ganz fest an sich. Ihr Körper war angenehm warm. Angesichts der Temperaturen und dem Umstand, dass Marie gerade im Begriff war, ihre Eltern zu begraben, verzichtete ich darauf, mich zu befreien. Das Kraulen meines Fells schien sie mehr zu beruhigen als alle Worte. Die beiden Särge wurden in die Erde gelassen, viele Menschen weinten, nur Marie blieb unbeweglich.
„Eine Tragödie!“, schluchzte die Frau Gödenreich, die Seniorchefin der örtlichen Bäckerei. „Das arme Mädchen!“
Das fanden alle und jeder meinte, Marie aufmunternd wahlweise übers Haar oder die Wangen streicheln zu müssen. Sie ließ es mit stoischer Ruhe über sich ergehen.
„Du kannst sie nicht mit nach Hause nehmen!“, erklärte ihr die Großmutter, als Marie auch am Ausgang des Friedhofs mich nicht loslassen wollte. Damit hatte ich natürlich gerechnet. Aber selbst wenn sie mich ein Stückchen mitgenommen hätte, unser kleiner Ort war so überschaubar, dass ich ohne Probleme wieder auf meinen Friedhof zurückgefunden hätte. Widerwillig ließ Marie mich zu Boden.
„Ich komme wieder!“, flüsterte sie mir zu. Und ich wusste, dass sie das auch tun würde. Es war die Art, wie sie es sagte. Und mein Gefühl, das es mir verriet. Letzteres täuschte mich eigentlich nie.
„Ein schlimmer Unfall auf der Autobahn!“, erzählte mir wenig später Minka, die Graugetigerte vom Metzger Hei-

demann, und leckte sich andächtig die Pfoten. „Sie kamen von einer Feier. Maries Papa wurde befördert, was auch immer das heißen mag. Ein Lastwagen hat das Stauende nicht gesehen; sie sollen sofort tot gewesen sein. Die Polizei stand mitten in der Nacht bei der armen Anni Steiner vor der Tür!"

Die Metzgerei liegt nur wenige Meter neben dem Haus der Steiners. Ich erinnerte mich gut an den alten Herrn Steiner, Maries Großvater. Abteilung D, Reihe 2. Er hatte graue Haare, einen ebensolchen Schnurrbart und war in der Zeit vor seinem Tod recht schusselig gewesen.

„Für die Laura muss es ja ganz schlimm sein!", hörte ich Minka weiter sinnieren. Ich stutzte. Laura? Natürlich! Jetzt erinnerte ich mich wieder! Luise und Laura, die beiden hübschen jungen Frauen, die so gleich ausgesehen hatten!

„Die Zwillingsschwester von Maries Mama!", wisperte Minka. „Sie ist noch im Ausland, hat es nicht rechtzeitig geschafft. Aber", und nun setzte sie wieder ihre wichtigtuerische Miene auf, die sie immer aufsetzte, wenn sie etwas von sich gab, von dem sie glaubte, dass es ein Geheimnis war, obwohl sie es auch bloß von der Metzgersfrau erlauscht hatte. „Laura und ihr Mann kommen nach Hause, für immer, weil doch die Marie ein Zuhause braucht! Die Anni ist doch auch schon über Siebzig, die kann sich nicht mehr um sie kümmern!"

Ich ließ Minka weiterplappern, meine Gedanken schweiften ab. Zu Marie und all den anderen. Ich war schon eine alte Katze, hatte schon so viel gesehen und gehört. Menschliches Leid, kätzisches und all das andere auch.

„Warum blast ihr beiden denn Trübsal?“, wurde ich plötzlich aus meinen Gedanken gerissen. Hugo, ein junger, schwarzer Kater, noch kein Jahr alt und reichlich übermütig, war plötzlich aus dem Nichts aufgetaucht.

„Hast du schon was gehört?“, wollte er wissen, während Minka beleidigt die Miene verzog. Hugo hatte sie unterbrochen und es nicht einmal gemerkt.

„Nein, ich habe noch keine Idee, wo ich dich unterbringen kann!“, vertröstete ich mein aktuelles Sorgenkind. Hugo war, wie so viele junge Katzen auch, auf der Suche nach einem von Menschen behüteten Zuhause. Es hatte sich rumgesprochen, dass die meisten Menschen sehr gut auf ihre Katzen aufpassten und es denen, die einmal ein Heim gefunden hatten, oftmals an nichts mangelte. Und ich hatte, das darf ich ohne selbstgefällig zu klingen ruhig zugeben, ein glückliches Händchen im Verkuppeln von Mensch und Katze. Allerdings war ich, was Hugo betraf, mir meiner Sache nicht so sicher. Er war wild und ungestüm. Und die Menschen, die ich für solche Zwecke im Auge hatte, waren eher ältere Leute, die einen nahestehenden Menschen verloren hatten und allein zurückgeblieben waren. Wie in vielen Orten, so waren auch in unserem Dorf die jungen Leute weggezogen: der Arbeit hinterher oder zum Studium. Ja, und weil eben viele das taten, blieben die Alten zurück. Allein und einsam in ihren zu groß und zu leer gewordenen Häusern. Was lag da näher, als einer armen Straßenkatze ein gemütliches Zuhause zu schenken? Meine Katzenfreunde jedenfalls waren alle sehr glücklich geworden, und auch von ihren Menschen hatte sich bislang niemand beschwert. Meine Masche war immer die gleiche: Ich wusste, wo die Betreffende, meist waren es ja Frauen, die allein waren, anzutreffen war. Bei mir auf dem Friedhof, versteht sich. Ich beobachtete sie eine Weile, überlegte, wer von meinen Schützlingen infrage kam, und der Rest war ein Kinderspiel. Ein kläglich miauendes Kätzchen ließen die wenigsten links liegen, und wenn doch, waren sie ohnehin nicht geeignet für meine Zwecke. In neun von zehn Fällen ging die Rechnung auf, und meine Schützlinge fanden binnen weniger Wochen ein richtiges Zuhause. Eine andere, nicht minder erfolgreiche Methode war es, meinen Schützling auf die betreffende Person aufmerksam zu machen und ihm die Initiative zu überlassen. Wenn die Chemie stimmte, und meist lag ich auf Anhieb richtig, freuten sich die Menschen darüber, wenn sich ein kleines, kuscheliges Wesen an ihre Beine schmiegte und nach Streicheleinheiten lechzte. Viele waren so einsam, dass sie meine Schützlinge fast schon auf Anhieb mitnehmen wollten. Doch ich riet allen, nicht gleich beim ersten Treffen mitzugehen. Wenn der Mensch wiederkam, weil er Sehnsucht nach seinem neuen vierpfotigen Freund hatte, war das das beste und sicherste Zeichen. Die meisten kamen wieder, gleich am nächsten Tag. Auf meinen Runden durch den Ort traf ich sie dann auch fast alle wieder und freute mich, wenn es ihnen gut ging. Auch Minka hatte ich der Metzgersfrau ans Herz gelegt, und das, obwohl ihr Ehemann noch sehr lebendig war. Die gute Lieselotte pflegte seit Jahr und Tag die Trauerhalle zu schmücken und verwöhnte mich schon eine gefühlte Ewigkeit mit Leckereien aus ihrem Laden. Minka hatte ich davon selbstverständlich abgegeben, als sie hungrig und völlig zerzaust eines Tages auf meinem Friedhof aufgetaucht war. Ihr Herrchen war verstorben und die Verwandten wollten sie im Tierheim abgeben. Davor hatte sie solche Angst gehabt, dass sie kurzerhand das Weite gesucht hatte. Minka liebte Hackepeter und Mettwurst, genau wie die Metzgerin. Die beiden passten zueinander, und es hatte nur wenige Trauerfeiern gedauert, bis sie Minka mit nach Hause genommen hatte. Nun trug sie sogar einen Chip im Ohr, weil die Heidemanns Angst hatten, dass ihnen ihre Minka abhanden kommen könnte! Sie hatte es gut getroffen. Für Hugo war ich indes noch auf der Suche.

„Wäre nicht die kleine Marie gut für Hugo?“, unterbrach Minka aufgeregt meine Gedanken. Hugo spitzte sofort die Ohren.

„Marie? Wer ist das? Ist sie was für mich?“

„Nein!“, fuhr ich ihn an. Unsanfter als beabsichtigt. Hugo schwieg sofort, während Minka mein Nein prompt falsch deutete.

„Du meinst, Marie wäre genau die Richtige für dich? Oh, Felicitas! Das wäre ja wunderbar! Wenn du auch dir endlich ein schönes Zuhause verschaffen würdest! Wenn es jemand verdient hat, dann du …“

„Du liegst vollkommen daneben!“, fuhr ich sie an. Minka schwieg erschrocken. „Ich habe alles, was ich brauche!“, stellte ich klar. „Ich habe halt nur meine Zweifel, ob ein aufgewecktes Bürschchen wie Hugo für Marie das Richtige ist!“

Während wir noch diskutierten, kam Marie angeschlichen. Ich erkannte sie am Schritt.

„Miez, miez, miez!“, rief sie und schaute in Büsche und Sträucher.

„Sie kennt deinen Namen nicht!“, stellte Minka nüchtern fest.

„Nein, natürlich nicht, woher denn auch?“, fuhr Hugo sie an. „Den verrät ihr aber schon noch jemand. Also, die Kleine ist ja total niedlich und süß! Von mir aus kann sie mich auch Miez-Miez-Miez nennen, wenn sie mag!“

Hugo spitzte die Ohren, setzte zum Sprung an und landete direkt vor Maries Füßen, die angesichts von so viel Dreistigkeit erschrak.

„Oh, noch eine Katze!“, murmelte sie und beäugte Hugo kritisch, der wie aufgezogen zwischen ihren Beinen herumtigerte. „Ich bin Hugo, weißt du!“, erklärte er ihr und schnurrte sie direkt an. „Ich bin auch noch klein, wie du! Wir passen zusammen! Nimm mich mit, ja? Mit nach Hause! Ich pass auch gut auf dich auf! Und wenn du willst, kannst du ganz lange mit mir knuddeln!“

„Hör auf!“, fuhr ich ihn an und machte nun ebenfalls einen Satz auf den Kiesweg. „Sie versteht kein Wort! Du verschreckst sie doch bloß! Hugo, verflixt, was fällt dir ein?“

„Sie ist ein Kind, viel zu jung für dich!“, motzte Hugo plötzlich los. „Ich will mit ihr mitgehen, sie soll mein Frauchen werden!“
So aufgezogen hatte ich den Burschen ja noch nie erlebt. Und auch Marie wirkte einigermaßen beunruhigt, als sie feststellte, dass Hugo nicht abließ, zwischen ihren Beinen hindurchzuschlüpfen.
„Pass auf, Kätzchen, ich will doch nicht auf dich drauftreten!“, erklärte sie ihm, was Hugo nur noch mehr anstachelte. Dann sah sie mich!
„Hallo, du Süße, da bist du ja!“ Nun konnte Hugo herumtigern wie er wollte, jetzt hatte Marie nur noch Augen für mich. Vorsichtig, um nicht doch versehentlich Hugo auf eine Pfote zu treten, kam sie näher, beugte sich zu mir herab und strich mir sanft übers Fell. Ihre kleinen Fingerchen waren eiskalt. Ich schnurrte, da hob sie mich wieder hoch. Dieses Mal war ich nicht ganz so überrascht, und ich ließ es wieder geschehen. Langsam spazierten wir über den Friedhof, sie auf dem verschneiten Kiesweg, ich wohlig an sie gekuschelt auf ihrem Arm. Wir wanderten an der Kapelle vorbei, und wie von selbst führten sie ihre Beine zum Grab ihrer Eltern. Dort kauerte sie sich an einen alten Baumstumpf und vergrub ihr Gesicht in mein Fell. Sie weinte.
„Ich hab Papa versprochen, dass ich brav allein zu Hause bleibe und kein Theater mache!“, schluchzte sie. „Ich war brav, ganz brav sogar. Selbst als ich Angst bekommen habe, habe ich nicht geweint.“ Nun schluchzte sie hem-

mungslos. Minka und Hugo, die uns gefolgt waren, verdrückten vor lauter Mitleid gleich ein paar Tränchen mit, und selbst ich musste dagegen ankämpfen.
Ich schnurrte lauter, nur um überhaupt etwas zu sagen. Immerhin wurde Marie wohl dadurch aus ihrer Starre herausgerissen, denn ihre Fingerchen wanderten wieder durch mein Fell.
„Eine Katze wollte ich auch schon immer, aber in der Stadt? Papa hat gesagt, dass wir vielleicht aufs Land ziehen, wenn er den neuen Job hat. Und dann hat er ihn gekriegt, mit Mama gefeiert und dann ..." Sie schluchzte weiter. Hugo zerfloss fast vor Mitleid. Dass er so sensibel sein konnte, war mir neu.
„Meine arme Marie!", jammerte er. „Wenn du willst, bin ich immer für dich da."
Natürlich verstand Marie das nicht. Dafür streichelte sie mich wieder.
„Nun bin ich bei der Oma, aber da soll ich nicht bleiben. Jetzt kommt Tante Laura aus Boston zurück, und dann soll ich bei ihr und Onkel Karsten wohnen. Irgendwo in Hamburg. Das ist so weit weg von hier! Irgendwo an der Nordsee, wo die Leute ganz komisch reden, so wie Onkel Karsten eben. Ich würde ja viel lieber hier bleiben!"
Marie redete und redete, und bis es dunkel wurde, wusste ich praktisch alles über sie. Minka hatte sich schon vor einer ganzen Weile aus dem Staub gemacht, ihre Vesper hätte sie nicht mal der traurigsten Geschichte wegen versäumen wollen, doch Hugo hatte ausgeharrt.

„Sie muss mich einfach mitnehmen! Und du musst mir helfen!", verlangte Hugo von mir, kaum dass Marie uns verlassen hatte.
„Wir passen perfekt zusammen!", versuchte er mich zu überzeugen. „Sie ist ein Kind und wird irgendwann wieder Lust haben zu spielen! Sie braucht einen aufgeweckten Kater wie mich! Und streicheln kann sie mich auch!"
Er legte sich wirklich ins Zeug. Und tief in meinem Herzen wusste ich auch, dass Marie für ihn die weit bessere Wahl wäre als die alte Frau Spillner, die ich ursprünglich für ihn erwärmen wollte. Sie liebte schwarze Kater, ihr letzter ist steinalt geworden und friedlich entschlafen. Das war inzwischen auch ein paar Monate her. Trauer braucht Zeit, das wusste niemand besser als ich. Und ich wollte ihr Zeit geben. Doch die Gute war auch nicht mehr die Jüngste. Ein älterer, schwarzer Kater wäre besser gewesen, leider kannte ich gerade keinen, der auch verfügbar war. Ich ließ meinen Schwanz durch den Pulverschnee gleiten. Marie war wirklich hartnäckig gewesen, wollte mich am liebsten mit nach Hause nehmen! Natürlich passierte mir das nicht zum ersten Mal, aber im Gegensatz zu sonst, wurde ich heute noch wehmütiger als sonst. Die Aussicht auf regelmäßiges Futter und einen gemütlichen, warmen Schlafplatz war schon verlockend. Doch nein, besser nicht, mein Zuhause war der Friedhof, und daran würde sich jetzt auch nichts mehr ändern. Während Hugo weiter aufgeregt um mich herumscharwenzelte und eine haarsträubende Idee nach der anderen entwickelte, wie

er Marie am besten von seinen Qualitäten überzeugen konnte, spürte ich, wie müde ich inzwischen war. Klar, ich war mit meinen sechzehn Wintern nicht mehr die Jüngste. Und seit der letzten großen Kälteperiode im vergangenen Jahr zwickte es mir bei diesen Minustemperaturen regelmäßig in den Knochen.

Im Laufe der nächsten Woche verging kein Tag, an dem Marie mich nicht besuchte. Sie brachte sogar Futter und Milch mit. Natürlich hopste auch Hugo immer fleißig um sie herum. Doch irgendwie schien der Knirps ihr Herz nicht so richtig zu erreichen. Mir schüttete sie ihr Herz aus, stellte bange Fragen und fand, während sie mir das Fell kraulte, selbst die Antworten darauf. Niemand schien das Kind davon abzuhalten, fast den ganzen Tag auf dem Friedhof zu verbringen! Von Zeit zu Zeit sah ich ihre Großmutter in einem gewissen Abstand nach dem Rechten sehen, ihr ein belegtes Brot bringen und das Katzenfutter auffüllen. Ich sah sie mit dem Diakon reden und mit den anderen Friedhofsbesuchern. Marie ließen sie in Ruhe. Und die schien im Moment nur mich zu brauchen, was ich mit einer gewissen Sorge feststellte.
„Ich würde alles dafür geben, wenn mein Mariechen mich abends mit nach Hause nehmen würde!", jammerte Hugo und sah ihr jedes Mal wehmütig nach. Der Kleine tat mir schon richtig leid, aber alle Versuche, ihn irgendwie ins Spiel zu bringen, waren bislang gescheitert. Dabei hatte er sich mit der ganzen Kraft seines kleinen Katerherzens

in Marie verliebt. Doch die trauerte. Manchmal dachte ich, dass sie selbst mich nur am Rande wahrnahm. Sie kam, setzte sich auf die Bank in der Nähe des Grabes ihrer Eltern und nahm mich auf den Schoß. Manchmal legte sie noch die Decke um uns herum, die ihre Großmutter in weiser Voraussicht bereitgelegt hatte. Danach streichelte sie mich fast schon mechanisch, während sie leise von ihren Eltern erzählte. Von den Geschichten, die ihre Mama ihr abends vorgelesen hatte, von den Dingen, die im letzten Urlaub an der Ostsee passiert waren, und Erlebnisse aus ihrem Schulalltag.

„Ich will nicht mehr in unsere alte Wohnung!“, flüsterte sie mir eines Tages ins Ohr. „Ich will gar nicht mehr weg hier!“

Nun ja, das konnte ich zwar irgendwie verstehen, aber das ging natürlich nicht. Sie würde sicher schon bald erfahren, dass die Wohnung längst aufgelöst war. Ihre Tante war seit ihrer Rückkehr damit beschäftigt, wie Minka mich brühwarm auf dem Laufenden hielt.

„Schau mal, das hat mir Mami zum Tauftag im Januar geschenkt!“ Marie hielt mir ein kleines, goldenes Medaillon unter die Barthaare. Sie drückte an der Seite auf einen winzigen Vorsprung, und siehe da, es öffnete sich. Links lachten ihre Eltern in die Kamera, rechts befand sich das Bild eines schlafenden Babys.

„Mama hat gesagt, dass ich nun schon alt genug dafür wäre!“, flüsterte sie. „Es ist das letzte Geschenk von meiner Mama!“

Dicke Tränen stiegen ihr in die Augen, und plötzlich begann sie hemmungslos zu schluchzen. Ihr ganzer Körper geriet in Bewegung, zuckte haltlos hin und her. Panisch sah ich mich um. Warum war denn hier nun gerade niemand? Endlich wurde der Friedhofsgärtner auf uns aufmerksam und setzte sich in Bewegung.

„Frau Steiner, Frau Steiner, schnell, kommen Sie ...“ Er hastete immer weiter rufend Richtung Friedhofsbüro. Wenig später kam sie mit dem Diakon im Schlepptau angelaufen. Ich machte einen Satz von Maries Schoß auf die Erde und somit ihrer Großmutter Platz.

„Nicht doch, mein Liebling, alles wird wieder gut!“, versuchte sie Marie so gut es ging zu trösten. Ich zog mich zurück. Nein, nichts würde wieder gut werden, und irgendwann kam der Moment, an dem das auch Marie klar sein würde. Egal was jemand sagte oder tat, war ein geliebter Mensch tot, brachte ihn nichts wieder. Sicher, man gewöhnte sich an den Schmerz, egal ob Mensch oder Katze, aber der Schmerz selbst verging nie. Niemand wusste das schließlich besser als ich.

Hugo entdeckte ich unter einem Busch. Er ließ Marie keine Sekunde aus den Augen.

„Wenn ich ihr doch nur irgendwie helfen könnte!“, flüsterte er verschämt. Ich nickte ihm aufmunternd zu. „Bleib in ihrer Nähe!“, riet ich. Und Hugo verstand, während ich mich zurückzog. Ich musste jetzt allein sein, Marie hatte ja zum Glück ihre Großmutter.

„Sie wollen sie wegholen!“ Hugo weckte mich mit seinem durchdringenden „Miau“. Dass er überhaupt mein Versteck kannte, wunderte mich. Normalerweise versuchte ich es vor meinen Schützlingen geheim zu halten, schon um auch einmal meine Ruhe vor ihnen zu haben.

„Hast du nicht gehört? Felicitas! Du musst etwas tun! Sie wollen Marie heute mitnehmen! Nach Hamburg!“

Hugo war völlig außer sich. Schwerfällig erhob ich mich. So schnell hatte ich nun wirklich nicht damit gerechnet. Andererseits, war es nicht vielleicht sogar das Beste für Marie, wenn sie in eine neue Umgebung kam und dort lernte, mit dem Unveränderlichen zu leben? Ich rappelte mich hoch und spazierte zu dem frischen Grab. Marie war schon dort, doch nicht allein. Eine junge Frau mit langen Haaren und einem schwarzen Mantel beugte sich mit ihr gemeinsam übers Grab, ihre Tante Laura, schlussfolgerte ich. Auf der Bank sah ich ihre Großmutter.

„Sieh mal, Marie, da kommt sie!“ Anni Steiner zeigte erleichtert in meine Richtung und erhob sich. „Siehst du, Schätzchen, du kannst dich noch von ihr verabschieden!“

„Ich will mich aber nicht verabschieden!“, rief Marie. „Ich will sie mitnehmen! Sie ist meine Katze!“

Noch ehe die Menschen damit rechneten, machte ich einen Satz ins Gestrüpp, dann stürmte ich davon zu meinem Versteck. Was war bloß in Marie gefahren? Sie wollte mich mitnehmen? Nach Hamburg? Wie kam sie bloß darauf, dass ich das wollte?

„Ich gehe mit!“, japste Hugo hinter mir. „Los, Felicitas, hilf

mir! Ich habe sie doch so lieb, meine Marie! Ich kann sie ablenken, aufheitern, trösten, wenn sie traurig ist! Und ich hänge nicht so an diesem ollen Friedhof hier!"
Hugo zwang mich zum Anhalten, und ich hörte, wie Marie ebenfalls angerannt kam.
„Lauf doch nicht weg, liebe Miez!" Sie beugte sich zu mir herab und streichelte mich. „Ich weiß nicht mal, ob du einen Namen hast!", flüsterte sie.
„Felicitas!", hörte ich den Diakon sagen. Trotz meines unverbesserlichen Gehörs war mir sein Kommen entgangen. „Sie heißt Felicitas, Marie. Und sie ist schon eine alte Katze, fünfzehn Jahre, mindestens. Ich glaube nicht, dass sie mitgenommen werden will", erklärte er ihr ernsthaft und hockte sich neben uns. Nun sah Hugo seine Chance. Mit einem kecken Sprung landete er direkt vor Maries Füßen, die vor Schreck fast nach hinten kippte.
„Ich komme mit, Marie!", miaute er. Marie starrte entsetzt auf den kleinen schwarzen Kater zu ihren Füßen, während die Erwachsenen lachten.
„Die Kleine ist ja eine ganz aufgeweckte!" Maries Tante kicherte. „Schau mal, Marie, ist die nicht süß?"
„Ich bin aber ein Er!", motzte Hugo sofort. Zum Glück wusste der Diakon Bescheid. „Das ist Hugo, Felicitas' Schützling." So sorgte er dafür, dass Marie seinen Namen erfuhr. Doch wirklich zu interessieren schien es sie nicht. Ihr Blick war unbeirrt auf mich gerichtet. Mir war die Situation mehr als unbehaglich. Wie konnte ich Marie nur deutlich machen, dass nichts mich hier wegbrachte! Ich

konnte hier nicht weg, niemals! Außerdem, ich würde ihr ja doch kein Glück bringen.

„Mein Medaillon!“ Maries entsetzter Ausruf riss mich abrupt aus meinen Gedanken. „Tante Laura, Oma, der Vogel hat mein Medaillon!“

Alle starrten wir nun nach oben, und richtig, über uns flatterte eine Elster, die einen Gegenstand, der an einem Kettchen baumelte, im Schnabel hielt.

„Das ist Maries Taufmedaillon!“, stellte Hugo unnötigerweise ganz aufgeregt fest. „Es ist ihr bestimmt aus der Tasche gerutscht, als sie hergelaufen ist! Ich hol es ihr wieder, Felicitas, pass auf, dass sie es sieht!“

Hugo sprang mit schnellen Sätzen der Elster nach, die auf einen Baum geflogen war. Wenn Hugo etwas im Sinn hatte, war er einfach nicht zu bremsen. Marie verfolgte ihn gespannt mit ihren Blicken.

„Sieh mal, Marie!“, sagte Maries Tante unnötigerweise. „Der Hugo holt deine Kette zurück, pass auf!“

Inzwischen war mein Schützling an der alten Buche angekommen, in deren Krone sich die Elster ein Nest gebaut hatte. Mit gekonnten Sprüngen hangelte er sich den Stamm hinauf.

„Hoffentlich kommt er heil wieder runter“, sagte Marie plötzlich besorgt. Hugo hatte ihre ganze Aufmerksamkeit. Nun hatte er das Nest erreicht. Die Elster kreischte, gut, dass es noch zu früh für Junge war, und flatterte davon. Hugos Schwanz stand senkrecht, als er in das Nest abtauchte. Kurz darauf hob er triumphierend den Kopf: in seinem kleinen Mäulchen Maries Medaillon. Marie hielt die Luft an, und so schnell Hugos kleine Pfoten ihn trugen, sauste er auf uns zu. Als er nur noch wenige Meter von uns entfernt war, wusste ich, dass es Zeit war zu gehen. Die zwei hatten sich gefunden, ich musste mich nicht mehr einmischen. So leise ich konnte, wandte ich mich ab und verschwand in einer kahlen Hecke. Lautlos lief ich in mein Versteck. Jeder Schritt fiel mir schwer. Ich war in die Jahre gekommen. Besser wurde es nicht mehr. Und die Wehmut, die mich packte, wann immer ich einen meiner Schützlinge untergebracht hatte, wurde auch immer schlimmer. Dieses Mal tat es ganz besonders weh. Vielleicht weil Marie mich so sehr an jemanden erinnerte? Ich schob die lästigen Gedanken beiseite, es war Zeit für ein Nickerchen, beschloss ich.

Als ich wieder aufwachte, hörte ich sie flüstern. Und ich roch es: Thunfischchenstücke und Milch. Ich hielt die Augen geschlossen, doch es half nichts.
„Sie nimmt mich mit nach Hamburg!“, miaute Hugo unüberhörbar. „Außerdem denken sie, du schläfst noch!“
„Warum hast du denn nie was gesagt, Felicitas?“
Nun hörte ich auch Minka näherkommen. „Der Diakon hat es Marie und ihrer Familie erzählt! Ich wusste nicht, dass du auch mal ein Zuhause hattest! Du sprichst ja nie darüber! Warum eigentlich nicht?“
„Abteilung C, Reihe 4!“, murmelte ich, ohne meine Augen zu öffnen.

„Ich glaube, Annika war damals ungefähr so alt wie du!", hörte ich den Diakon plötzlich sagen. „Weißt du, Marie, die Felicitas geht niemals weit weg vom Friedhof. Sie kann nicht anders, sie würde ihr Frauchen nie im Stich lassen!"

„Welches Frauchen?" Minka kam neugierig näher. „Felicitas! Welches Frauchen meint der Diakon?"

„Annika, die mich aus einer Mülltonne geholt hat. Da war sie gerade sechs Jahre alt", flüsterte ich. Warum erzählte ich das eigentlich?

„Vor reichlich vierzehn Jahren gab es hier im Dorf ein furchtbares Unglück!", erzählte der Diakon weiter. „Ein Kabelbrand setzte das Haus einer jungen Familie in Brand. Sie haben ihr Zuhause verloren, in einer einzigen Nacht. Doch aus irgendeinem Grund ist Annika noch mal ins Haus gelaufen und hat sich eine Rauchvergiftung zugezogen, die sie nicht überlebt hat." Der Diakon wischte sich verschämt eine Träne aus den Augen, „Nina Reichard, die Mutter, war Lehrerin hier an der Schule, alle haben sie gern gehabt. Und Annikas Vater war Polizist. Nach Annikas Tod sind sie weggezogen. Soweit ich weiß, leben sie nun in Berlin."

„Aber warum haben sie Felicitas nicht mitgenommen?", hörte ich Maries Großmutter fragen.

Der Diakon schüttelte den Kopf. „Oh, denken Sie nicht, dass sie es nicht versucht haben! Katzen sind dickköpfig! Felicitas ist weggelaufen, noch in der Nacht, als die Feuerwehr Annika aus dem Haus brachte, erst lange nach der Beerdigung habe ich sie hier wieder gesehen."

„Und seitdem wohnt sie auf dem Friedhof?" Maries Stimme klang ganz traurig.

„Ja, sie bleibt immer in der Nähe des Grabes. Bei ihrer Annika. Siehst du nun ein, Marie, dass du Felicitas nicht einfach mitnehmen kannst? Außerdem hast du doch jetzt Hugo!"

„Aber wer kümmert sich dann um Felicitas?" So schnell gab Marie nicht auf.

„Na ich!", gab der Diakon zurück. „Für Felicitas ist gesorgt; mach dir keine Gedanken! Weißt du, dass Katzen so treue Seelen sein können, habe ich erst durch sie erfahren! Sie ist auch mir sehr ans Herz gewachsen."

Längst hatte ich meine Augen geöffnet und beobachtete, wie Marie mit sich rang. Schweren Herzens ließ sie dann aber doch von mir ab. Ihre kleinen Hände vergruben sich in Hugos schwarzes Fell, der das sichtlich genoss.

„Wir kommen dich besuchen!", versprach er mir, noch bevor Marie es mir versprach. Dann war ich plötzlich mit Minka allein. Ich wünschte sie sonstwohin, doch sie ging einfach nicht.

„Womit quälst du dich so, Felicitas?", fragte sie plötzlich.

„Wenn ich im Haus geblieben und nicht so neugierig gewesen wäre, dann würde sie noch leben!", entfuhr es mir.

„Ich weiß es natürlich nicht genau, aber ich bin mir fast sicher, dass sie noch einmal hineingelaufen ist, weil sie mich gesucht hat. Wäre sie draußen geblieben bei ihren Eltern, wäre ihr vielleicht gar nichts weiter passiert!"

„Aber Felicitas, du kannst doch nichts dafür!"
„Ich habe sie im Stich gelassen, deshalb bleibe ich einfach hier", brummte ich und schloss die Augen. Plötzlich war ich sehr, sehr müde. Die Schritte der Menschen waren verklungen, und selbst der Thunfisch hatte seinen Reiz verloren. Wie lange, fragte ich mich, würde ich noch ohne meine Annika sein müssen? Doch wie so oft, bekam ich auch dieses Mal keine Antwort ...

DAS PHANTOM VOM PFARRHAUS

Es war doch jeden Herbst das Gleiche, ärgerte ich mich. Sobald die Tage kürzer wurden, die Blätter von den Bäumen fielen und hin und wieder ein scharfer Wind um die Häuserecken pfiff, begannen all meine Freunde sich wie die letzten Feiglinge in ihre Behausungen zurückzuziehen, um sich von ihrem Menschen von vorn bis hinten verwöhnen zu lassen. Weicheier waren das! Sie wollten sich ja bloß kein nasses Fell holen oder sich gar ihre zarten Pfötchen verkühlen. Da sahen sie sich die wilde Schönheit der Natur lieber durch Isolierglasscheiben an. Oder gleich im Fernseher. So etwas habe ich immer verabscheut. Ich war, und das sage ich mit Stolz, meine ganzen acht Jahre hindurch ein Vagabund. Und ich war ein aussterbendes Modell: der einzige meiner Art hier in unserem kleinen Ort.

Die Temperaturen sanken weiter, jetzt kamen die Katzen und Kater des Dorfes nur noch um die Mittagszeit heraus, und auch das nur, wenn die Sonne schien. Unser Treffpunkt am Waldrand gehörte mir deshalb fast den ganzen Tag allein, was ich in diesem Jahr nicht unbedingt als Vorteil gelten ließ, im Gegenteil, ich langweilte mich schier zu Tode. Noch nie hatte der Herbst so etwas wie Melancholie bei mir ausgelöst. Diesmal tat er es.

„Hast du das von Karlchen gehört?", fragte mich eines Mittags Rosalie, eine rundliche Braungetigerte.

„Nein, was ist mit ihm?", fragte ich. Karlchen war schon ein älterer Kater, deutlich untersetzt, graues Fell, etwas behäbig. Ich mochte ihn recht gern. Er strahlte so viel Gemütlichkeit aus, dass man ihm nie böse sein konnte, selbst wenn man es gewollt hätte. Erst jetzt, wo Rosalie es erwähnte, wurde mir bewusst, dass ich ihn schon länger nicht mehr gesehen hatte.

„Sein Frauchen ist krank geworden", seufzte Rosalie.

„Ach, die alte Dame, die neben dem Bäcker wohnt", brummelte ich. Sie liebte ihr Karlchen über alles und verwöhnte ihn nach Strich und Faden. Er hatte uns immer vorgeschwärmt, mit welchen Leckereien sie ihn verwöhnte. Schon bei der Vorstellung konnte einem das Wasser im Maul zusammenlaufen. Und natürlich hatte sich das auch auf seine Figur ausgewirkt; man sah Karlchen für gewöhnlich an, wenn Fest- oder Feiertage hinter ihm lagen und er besonders verwöhnt worden war.

„Ja, sie ist sehr, sehr krank und wird wohl auch nicht mehr gesund. Nicht mehr richtig jedenfalls."

„Oh." Etwas schnürte mir die Kehle zu. Das bedeutete für Karlchen sicher gar nichts Gutes. Mein Verdacht bestätigte sich sofort, als Rosalie weitersprach. „Und es gibt keine Verwandten, die das arme Karlchen aufnehmen wollen. Es ging auch alles so schnell. Sie haben ihn deshalb schon letzte Woche ins Tierheim gebracht."

„Rattengift und Mäusekot!", fluchte ich. „Der arme Kerl."

Rosalie verleierte die Augen. „Schrecklich, nicht wahr? Im Katzenknast! Und man kann nichts mehr für ihn tun!"

Das Mitgefühl ließ ihr die Tränen in die grünen Augen treten und ich schluckte drei Mal heftig, damit es mir nicht genauso erging. Ich bin ein harter Kerl, rief ich mich zur Ordnung. Egal wie sehr mir Karlchen leid tat.

„Bin ich froh, dass ich eine Familie habe, die sich um mich kümmert", plauderte Rosalie weiter, nachdem sie sich wieder gefangen hatte, und erging sich in einer langen und ausufernden Schilderung ihrer eigenen glücklichen Lebensumstände.

„Einer von ihnen ist immer da, der für mich sorgt. Sie füttern mich, halten mein Katzenklo sauber, schmusen mit mir."

Dass sie gut gefüttert wurde, war offensichtlich. Vielleicht etwas zu gut, wie ich mit einem gewissen Neid und knurrendem Magen zugab. Sonst machten mir ihre Schilderungen nichts aus, aber heute schon. Ob es an Karlchen lag? Oder an dem kalten Herbstwetter? Vielleicht auch an der langsam überhandnehmenden Einsamkeit? Was war denn heute bloß los mit mir? Vagabunden jammern nicht; sie sind verwegen, freiheitsliebend – und hungrig, wie ich deprimiert feststellte.

Die Kirchturmuhr schlug zwölf, und das erinnerte Rosalie daran, dass sie zum Mittagessen heim musste. Ich sah ihr nach, wie sie auf ihren kurzen Beinen davoneilte. Der Wind war wirklich kalt. Ich trödelte noch ein wenig herum und suchte nach etwas, was mir Spaß machen könnte, aber eigentlich war der Tag gelaufen.

Meine Situation war eigentlich nicht schlecht, zumindest nicht schlechter als sonst auch. Doch mich quälte das Henne-ohne-Schwanz-Syndrom. Ein vages Gefühl von Mangel und Entbehrung, das ich auch bei ärgster Grübelei nicht näher benennen konnte. Das machte es ja so schwierig.

Meine Freunde blieben fast die ganze Zeit über in ihren Häusern, wohlbehütet und von ihren zweibeinigen Dosenöffnern liebevoll umsorgt. Sogar die wirklich harten Kater beschränkten ihre Reviergänge auf das absolute Minimum.

Der Gedanke daran, wie es wohl wäre, mit einem oder vielleicht auch mehreren Menschen zusammenzuleben und versorgt zu werden, ließ mich nicht mehr los. Es war eine fixe Idee, und sie hatte sich festgesetzt wie ein Dorn in der Pfote. In mancher kalten Nacht stellte ich mir vor, wie es wäre, an einem Ort zu schlafen, an dem nicht der Wind ständig pfiff, wo es vielleicht sogar mollig warm war. Doch so richtig vorstellen konnte ich es mir nicht. ‚Vagabund' hieß mein Zauberwort gegen all zu viel Oktoberfrust. Doch auch dieses half nur noch bedingt. Ende des Monats fiel der erste Schnee, und er blieb liegen, was ungewöhnlich war und auf einen strengen Winter schließen ließ. Zum ersten Mal, seitdem ich auf der Welt war und mein Vagabundenleben führte, fiel mir auf, wie sehr sich mein eigenes Leben von dem meiner Freunde unterschied. Mein Nahrungsbedarf stieg durch die eisige Kälte drastisch, allerdings gab es niemanden, der mir zwei Mal am Tag einen Napf voller Essen servierte. Egal, es war all die Jahre gegangen, beruhigte ich mich selbst. Und nahm mit fast schon fatalistischer Stimmung zur Kenntnis, dass es zugleich immer schwieriger wurde, Mäuse oder andere Beutetiere aufzustöbern. Dann wurde auch noch eine Metzgerei geschlossen, wodurch auch meine Beutezüge durch deren Abfallbehälter ausfielen, die mich sonst noch durch jeden Winter gebracht hatten. Der Hunger wurde zu meinem ständigen Begleiter und er nagte in meinen Eingeweiden.

Verzweifelt tigerte ich durchs Dorf, einsam, bis auf das ständige Knurren meines leeren Magens, als mir ein Duft um die Nase wehte. Ein Aroma wie direkt aus dem Paradies. Fisch ... Forelle, um genau zu sein. Und Butter. Mir lief das Wasser im Maul zusammen. Ich hob den Kopf und witterte, und dann, noch bevor mir so recht klar war, was ich vorhatte, setzten sich meine Pfoten auch schon in Bewegung und trugen mich in Richtung der verlockenden Düfte. Allerdings war ich nicht der Einzige, der hier Futter witterte, denn gerade, als ich mich dem Pfarrhaus näherte, von wo der Duft in immer intensiveren Schwaden herwehte, lief mir eine Maus vor die Pfoten. Ein ziemlich großes und wohlgenährtes Exemplar. Blitzschnell sprang ich vorwärts und erlegte sie mit einem einzigen Pfotenhieb. Vorsichtig nahm ich sie zwischen die Fänge und schritt weiter. Es wäre so verlockend, das Beutetier auf der Stelle zu verschlingen. Doch hatte ich es auf den Fisch abgesehen, wozu die tote Maus mir verhelfen sollte. Mein Plan stand, nun galt es, ihn umzusetzen. Ich umrundete das Haus, und nach einer Weile hatte ich gefunden, wonach ich suchte: ein halb offenes Kellerfenster.

Vorsichtig nahm ich Witterung auf und erkundete nach allen Seiten die Umgebung. Dann schlich ich die Treppe hinauf. Am oberen Ende war keine Tür, ein weiterer Glücksfall. Als ich in die Diele des Pfarrhauses schlich, war das Aroma von gekochter Forelle mit zerlassener Butter so dick, dass man es schier mit Pfoten greifen konnte. Außerdem umgab mich wohlige Wärme, herrlich. Am liebsten hätte ich mich gleich in eine freie Ecke gekuschelt, mein knurrender Magen rief mich zur Ordnung. Ich folgte den Düften und betrat ein Zimmer, in dem zwei gemütlich wirkende, ältere Menschen an einem Tisch saßen. Der Pfarrer und seine Haushälterin, wenn ich mich recht erinnerte. Sonst traf ich sie bestenfalls draußen bei einem meiner Streifzüge. Sie bemerkten mich nicht. Fatal. Mir war doch so nach Forelle. Aber wer nicht wagt, der nicht gewinnt.

Ich schlich mich also an sie heran, die Maus im Maul und sprang auf einen freien Stuhl. Die beiden hielten mitten in der Bewegung inne, dann starrten sie mich an. Ich ließ die tote Maus, mein Gastgeschenk für die beiden, auf den Tisch plumpsen. Dann wartete ich gespannt. Eigentlich hätten sie sich ja nun vor lauter Freude und Begeisterung überschlagen und mir ein Gegengeschenk machen müssen, idealerweise in Form der aufgetafelten Forelle. Doch stattdessen schrie die Frau nach einem Moment des Schocks auf, der Pfarrer sprang hoch und stieß dabei seinen Stuhl um. Die Frau kreischte noch immer, ohne nachzulassen oder auch nur Luft zu holen. Es war ein Anblick und eine Geräuschkulisse, die ich für den Rest meines Lebens nicht mehr vergessen würde. Mir war klar, dass ich etwas falsch gemacht hatte. Die Situation war für mich mangels Vergleichsmöglichkeiten nicht einzuschätzen, aber einen freudigen Empfang hatte ich mir anders vorgestellt. Ich trat einen völlig überstürzten Rückzug an, ohne Maus und ohne Forelle, dafür mit lautstark knurrendem Magen.

Nachdem ich durch das Kellerfenster das Haus wieder verlassen hatte, überdachte ich meine Situation. Ein Reinfall, daran gab es nichts zu rütteln. Doch ein Vagabund wie ich gab nicht auf, niemals. Ich musste mich in Geduld üben, wenn ich mein Ziel erreichen wollte. Ich blieb auch in den folgenden Tagen in der Nähe und stellte fest, dass sie das Kellerfenster praktisch immer offen ließen. Gut für mich. Denn nun konnte ich das Haus betreten, wann und wie es mir beliebte. Und von dieser Möglichkeit machte ich natürlich Gebrauch, nachdem ich mich versichert hatte, dass alle Lichter im Erdgeschoss gelöscht waren und dafür in zwei Zimmern im oberen Stockwerk gedämpftes Licht durch die Vorhänge drang. Die beiden waren also in ihren jeweiligen Schlafzimmern.

Auf die Art erkundete ich das Haus, ohne dass sie davon auch nur das Geringste mitbekamen. Sie schnarchten lustig weiter, dissonant, aber begeistert. Nach meinem Erkundungsgang ließ ich mich im Wohnzimmer in einem Sessel nieder und verbrachte eine wunderbar kuschelige Nacht in dem wohltemperierten Pfarrhaus, während draußen ein eisiger Wind Graupel durch das Dorf wehte. Zum ersten Mal ahnte ich, wovon meine Freunde schwärmten, wenn sie mir begeistert von ihren Katzenkörbchen und Kuscheldecken berichteten. Ich hatte es mir nie vorstellen können. Was sollte daran anders sein als an einer ordentlichen Portion Heu? Nun war mir alles klar.

Auf einem niedrigen Bord in der Küche fand ich sogar einen Rest Sahne in einem kleinen Schälchen, welches man wohl vergessen hatte, in den Kühlschrank zurückzustellen, so dass mein ärgster Hunger erst einmal gestillt werden konnte. Ja, ich könnte mich daran gewöhnen, gestand ich mir ein. Und suchte am frühen Morgen, bevor auch nur einer von beiden seinen Fuß ins Untergeschoss gesetzt hatte, das Weite. Allerdings nicht ohne den festen Vorsatz wiederzukommen.

Und das tat ich auch, denn das halb offene Kellerfenster war mein perfekter Zugang. Zu meinem Glück lebten der Pfarrer und seine Haushälterin nach einem genauen Zeitplan, den sie offenbar unter allen Umständen einhielten. Als ich den erst einmal durchschaut hatte, war der Rest ein Kinderspiel. Ich wusste, wann die Dame des Hauses in der Küche mit dem Kochen begann, wann sie eine Pause machte und wann sie das Essen dem Pfarrer servierte. Binnen kurzer Zeit kannte ich ihre Lieblingsplätze, an denen sie gern die Reste abstellte, die sie nicht sofort in Kühlschrank oder Esszimmer brachte. Ihre Kurzsichtigkeit kam mir ebenso zu Hilfe wie ihre Angewohnheit, leere Kisten und Kartons erst einmal in der Küche zu lagern – diese boten ausgezeichnete Versteckmöglichkeiten und erlaubten mir, unbemerkt meinen Beobachtungsposten einzunehmen. Am schönsten war allerdings die Angewohnheit der Haushälterin, nach den Mahlzeiten das Geschirr auf einem großen Tablett in die Küche zu tragen und dann – zu telefonieren. Offenbar hatte sie weitreichende Verbindungen zu unzähligen Leuten, mit denen sie alle möglichen wichtigen Gespräche führen musste. Und während der Pfarrer sich in sein Arbeitszimmer im ersten Stock zurückgezogen hatte und die Haushälterin im Wohnzimmer telefonierte, machte ich mich diskret über die Reste ihrer Mahlzeiten her. Natürlich nicht zu auffällig. Ich wollte ja mein Asyl nicht gefährden. Aber immerhin, solange es so blieb, war ich vor dem Verhungern sicher.

Als ich aber meinen Freunden von den Veränderungen berichtete, die mein Dasein erfahren hatte, belächelten sie mich.

„Aber ich habe doch jetzt auch Menschen, bei denen ich wohne und die für mich sorgen!", versuchte ich ihnen klarzumachen. Was hatten sie denn? Ich hatte ernsthaft gedacht, sie würden sich für mich freuen. Schließlich hatten sie mir ihre Lebensform seit Jahren versucht schmackhaft zu machen. Nun, wo ich angebissen und mir ein Zuhause gesucht hatte, schien es auch nicht recht zu sein, das sollte jemand verstehen.

„Wie soll ich dir das erklären", grübelte Pascha, ein dicker grauer Perserkater mit weißen Pfoten, der allgemein als Intellektueller galt. „Es ist nicht das Gleiche wie bei uns, weil –"

„– weil deine Menschen nicht wissen, dass sie dich haben!", ergänzte Rosalie. „Weißt du, ich finde immer wieder nach Hause, egal wie lange oder weit weg ich war, weil es mein Zuhause ist! Dort werde ich gestreichelt und erwartet, mein Frauchen freut sich, wenn es mich sieht und ich um ihre Füße streife!"

„Genau!", bestätigte Pascha. „Du wohnst doch nur da, ohne dass sie es wissen. Sie sprechen nicht mit dir, sie machen sich keine Sorgen um dich, wenn du mal zu spät kommst, oder fahren sofort mit dir zum Tierarzt, wenn du dir einen bösen Dorn eingetreten hast! Sie sorgen sich nicht um dich, sie lieben dich nicht, verstehst du? Außerdem, du hast kein Katzenklo, keinen Korb, keine eigenen Näpfe, gar nichts."

„Pah, Katzenklo", fauchte ich. „Dazu kann ich noch immer rausgehen. Und ich kann mir meinen Schlafplatz frei wählen. Soviel zum Thema Korb. Und Näpfe ... wer braucht schon Näpfe? Und überhaupt – um mich muss sich keiner sorgen! Hat ja auch noch nie einer gemacht." Ich war gekränkt. Immerhin waren sie alle von ihren Menschen ausgesucht und dann aufgenommen worden, wohingegen ich mir meinen Platz selbst ausgewählt und dann auch meinen Einzug auf meinen eigenen vier Pfoten durchgeführt hatte.

„Es zählt nicht, solange sie dich nicht offiziell als ihren Kater betrachten", erklärte nun Mollie, die schon ziemlich alt und weise war. „Sie müssen wissen, dass sie mit dir zusammenleben."

„Genau", meldete sich nun Pascha erneut zu Wort. „Solange du dich vor ihnen versteckst, bist du nicht ihr Kater. Du bist einfach nur ein Phantom im Pfarrhaus."

Ein Phantom! Ich hätte platzen können vor Wut und Empörung! Was bildete sich dieser Perser eigentlich ein? Dass er die Weisheit mit Löffeln gefressen hatte? Am liebsten hätte ich ihm rechts und links eine runtergehauen, doch ich stellte zu meinem Entsetzen fest, dass nicht ein einziger meiner sogenannten Freunde für mich Partei ergriff. Im Gegenteil, alle anderen stimmten ihm zu. Ich stand auf verlorenem Posten.

„Na, ihr seid mir vielleicht schöne Freunde", fauchte ich. „Nicht einer von euch hat sich selbst seine Menschen ergattert! Ich schon!" Ohne ein weiteres Wort drehte ich mich um und stolzierte davon. Nein, mit der Bande wollte ich mich jetzt nicht abgeben. Noch viel weniger aber wollte ich mir eingestehen, dass sie vielleicht Recht haben könnten. Nein, schalt ich mich, das hatten sie nicht. Hocherhobenen Hauptes schritt ich meines Weges. Richtung Pfarrhaus. Das war mein Zuhause, ob sie es nun so sahen oder nicht.

Trotzdem nagte nun der Zweifel an mir. Hatten meine Freunde am Ende doch ein ganz klein wenig recht? Klar wäre es schöner, wenn der Pfarrer und die Hausmamsell, wie ich sie liebevoll zu nennen pflegte, sich meiner Anwesenheit bewusst wären. Doch wie sollte ich das anstellen? Ich brauchte Hilfe, so viel war klar, aber keiner meiner Freunde würde mich unterstützen, besser gesagt, keiner würde die Gelegenheit dazu haben, denn um nichts in der Welt hätte ich mir die Blöße gegeben und einen von ihnen darum gebeten. Dennoch – Hilfe nahte, und zwar in Gestalt von Hannibal. Hannibal war ein alter Mäuserich, gefräßig und frech wie aus dem Bilderbuch. Seit Jahren hatte ich es auf ihn abgesehen, aber nie war ich auch nur auf Schwanzeslänge an ihn herangekommen. Er war einfach zu durchtrieben! Ich wusste, er lebte mit seiner weitläufigen Sippschaft im Schulhaus. Dort war sein Stammloch unter einer Treppenstufe des Haupteingangs, woran schon deutlich zu erkennen ist, dass er nichts, aber auch gar nichts fürchtete. Ja, Hannibal konnte mir helfen, überlegte ich. Ich legte mir einen Plan zurecht und bereitete meinen Besuch bei ihm vor, indem ich ein paar Speisereste von meiner eigenen Versorgung abzweigte und zur Seite legte. Fiel mir nicht leicht, musste aber sein. Dann machte ich mich auf den Weg. Vor dem Mauseloch, das ein Zugang zu den weitverzweigten unterirdischen Gängen und Höhlen der Mäusefamilie war, legte ich meine Gastgeschenke ab. Natürlich versteckten sich alle vor mir.

„Ich muss Hannibal sprechen“, raunte ich in das Mauseloch. „Und ich komme in friedlicher Absicht. Niemand wird verletzt, niemand wird getötet.“ Vorsichtig schob ich ein Stück Wurst in den Eingang. Damit waren die Verhandlungen eröffnet. Doch bevor ich Hannibal zu sehen bekam, schickten sie erst ein paar junge Mäuseriche raus, die wohl sicherstellen sollten, dass ich alleine war. Schließlich erschien er. Der Boss des Mäuseclans in höchsteigener, gewichtiger Person. Von der Größe her hätte man ihn schon für eine kleine Ratte halten können, und darauf basierte mein Plan. Wir tuschelten, raunten und schließlich lachten wir sogar zusammen, von seiner Leibwache skeptisch beobachtet. Dann schüttelten wir uns zum Abschied noch die Pfoten, und ich machte mich auf den Heimweg.

Erleichtert und fast beschwingt, denn wenn mein Plan – nunmehr unser Plan – hinhaute wie vorgesehen, würde das einiges an meiner Situation verbessern. Und Hannibal zum Helden einer Geschichte machen, die ihn endgültig in den Annalen seines Clans auf ewig einen Ehrenplatz sichern würde.

Unsere große Vorstellung fand am zweiten Adventssonntag statt. Der Pfarrer und die Hausmamsell, die der Pfarrer immer Marianne nannte, hatten sich Gäste zum Nachmittagskaffee eingeladen. Insgesamt saßen sechs Personen um den Esstisch herum, plauderten angeregt und vertilgten dabei Unmengen von Plätzchen und Stollen.

Hannibal fand sich pünktlich ein und wir betraten das Pfarrhaus. Dann begann er sich zu zeigen. Wir hatten beschlossen, nichts zu beschädigen. Seine schiere Präsenz sollte genügen. Tat sie aber nicht. Er musste heftiger in Aktion treten, was seinen Ehrgeiz nur noch mehr anstachelte.

„Wäre doch gelacht!“, kicherte er abenteuerlustig.

„Ach, was haben Sie es hier gemütlich, Pfarrer Brenner!“, sagte eine rundliche Dame. Nun wusste ich endlich seinen Namen: Pfarrer Brenner. Dann pass mal auf, mein lieber Pfarrer Brenner, dachte ich, jetzt wirst du was erleben!

Hannibal und ich lauerten an der Wohnzimmertür und warteten auf den perfekten Moment. Als er gekommen war, legten wir los.

„Jetzt Hannibal, Attacke!“, feuerte ich ihn an. Mit einer für seine Körperfülle erstaunlichen Wendigkeit umrundete Hannibal den Tisch. Aber noch reagierte niemand darauf. Also blies Hannibal zum Großangriff und hangelte sich am Tischtuch in die Höhe. Da ertönte der erste schrille Schrei. Darauf war er von mir vorbereitet worden, deshalb marschierte er mit todesmutiger Kaltblütigkeit ein-

fach weiter über den Tisch. Die Damen quietschten jetzt im Quintett, während der Pfarrer einfach nur fassungslos Hannibal anstarrte. Dieser drehte ein paar Kreise auf dem Tisch und ließ sich dann blitzschnell wieder am Tischtuch hinab. Er plumpste auf dem Boden auf, und nun hatte ich meinen großen Auftritt. Zwei der Damen hatten bereits, noch immer hysterisch kreischend, ihre Stühle bestiegen. Hannibal begann nun zu rennen, und ich verfolgte ihn. Wir legten einen spektakulären Slalom zwischen Tisch-, Stuhl-, und Menschenbeinen hin, dann verschwand er unter dem Sofa. Ich warf mich auf den Bauch und wühlte mit beiden Vorderpfoten unter dem Möbel. Er tauchte, wie abgesprochen, an der Seite wieder auf und versuchte davonzurennen. Ich hinterher. Soviel Ausdauer hätte ich dem dicklichen Hannibal gar nicht zugetraut, aber er übertraf sich selbst auf seinen kurzen Mäusebeinchen. Bis er mir das vereinbarte Signal gab. Ich setzte zu einem theatralisch übertriebenen Raubtiersprung an und landete so, dass mein Kopf genau über Hannibal war.
„Tu mir bloß nicht weh", zischte er. „Du hast es versprochen!"
Als hätte ich das vergessen! Mit allergrößter Vorsicht und noch mehr Theatralik packte ich ihn. Wie vereinbart stellte er sich tot. Das machte er perfekt! Sein langer glatter Schwanz schwang leblos wie das Pendel einer Uhr hin und her. Siegessicher hielt ich meine Beute nach oben, und endlich erntete ich das erhoffte Lob.
„Mein Gott, er hat die Ratte gefangen!", rief Marianne

und kletterte vorsichtig von ihrem rettenden Stuhl. Auch Pfarrer Brenner nickte anerkennend.
„Braves Kätzchen!", lobte er, und ich verzieh ihm, dass er mich Kätzchen nannte. Die Freude und Erleichterung stand allen ins Gesicht geschrieben. Ich ließ mich gebührend bewundern. Vor allem die Damen überschlugen sich nun fast vor lauter Lobgesängen auf mich, den Retter in der Not. Man hätte meinen können, ich hätte mindestens eine Million Mäuse erlegt, aber ich muss zugeben, mir gefiel die Aufmerksamkeit. Wer möchte nicht gern ein Held sein? Um die Situation nicht auszureizen, wandte ich mich Richtung Ausgang. Vorsichtig trug ich Hannibal hinaus. Der Pfarrer hielt mir freundlicherweise die Tür auf. Als wir um die nächste Ecke waren, ließ ich Hannibal sanft zu Boden gleiten. Der schüttelte sich und grinste dann, bevor er in Richtung Schulhaus davontrottete. Seine Familie würde ihn bestimmt mit Freudensprüngen begrüßen. Ach ja, Familie. Ich trottete zurück zum Pfarrhaus und kratzte an der Tür. Und siehe da, sie wurde mir aufgetan! Von der Hausmamsell Marianne in höchsteigener Person. Sie empfing mich geradezu mit offenen Armen. Ich ließ meinen Charme spielen, der bei weiblichen Wesen immer stärker wirkt, und strich ihr um die Beine. Es klappte, sie schien es zu mögen! Woher plötzlich meine Glücksgefühle kamen, weiß ich auch nicht.
„Komm rein, du tapferes Kätzchen!", empfing sie mich. „Na, du hast wohl kein Zuhause?", wollte sie wissen, während sie mich in die Küche ließ, wo ich mich ja bereits

auskannte, aber um der Authentizität willen sah ich mich mit großen Augen um. Als sie mir Milch in eine Untertasse goss und lächelnd beim Trinken zusah, wusste ich, dass ich gewonnen hatte. Ich durfte bleiben! Marianne und der Pfarrer duldeten mich nicht nur, nein, sie erhoben mich zum Familienmitglied! Das gesamte Pfarrhaus ist inzwischen mein rechtmäßiges Revier.

Jetzt habe ich alles, was meine Freunde auch haben: ein eigenes Katzenklo, verschiedene, niemals leere Fressnäpfe, und jede Menge Spielzeug. Selbstverständlich auch mein offenes Kellerfenster, damit ich kommen und gehen kann, wie es mir beliebt. Und jede Menge Streicheleinheiten! Dass gekämmt werden so angenehm ist, hätte ich nie gedacht! Jetzt weiß ich genau, wovon meine Freunde so oft geschwärmt hatten: menschliche Zuneigung. Wenn sie dich mögen, füttern sie dich nicht nur, nein, dann streicheln sie dich auch und freuen sich, wenn sie dich sehen! So wie Marianne und Pfarrer Brenner.
Freiheit ist ja eine feine Sache, die ich früher sehr geschätzt habe. Doch alles im Leben hat seine Zeit, und meine Zeit als Vagabund da draußen ist vorbei. Nicht, weil es hier im Pfarrhaus nun um vieles gemütlicher ist als auf der Straße, vor allem im Winter, und weil ich nach Strich und Faden verwöhnt werde, sondern weil ich meine beiden Menschen nicht mehr missen möchte, das ganz normale Leben, in das ich inzwischen integriert bin: das Geratter von Mariannes Nähmaschine, das mich am

Mittagsschlaf hindert, zählt ebenso dazu wie die etwas übersteuerten Klavierkonzerte, die mein Pfarrer Brenner durchs Haus schallen lässt. Auch wenn sie mein Trommelfell malträtieren, so gehören sie doch zu einem Mittwochabend wie Thunfisch in meinem Futternapf. Jeden Morgen liest er die Zeitung, während ich meine Milch trinke und sich Marianne in ihre Kaffeetasse vertieft. Das nennt sie dann Ritual. Eine herrliche Angelegenheit, finde ich. Nur wir drei, ganz in Familie! Und danach geht mein Pfarrer nicht mehr an mir vorbei, ohne sich zu mir hinunterzubeugen und mir über den Kopf zu streicheln, und ganz ehrlich, wenn ich ihn kommen höre, machen sich meine Pfoten glatt selbstständig. Ich habe nämlich sogar einen Namen bekommen: Ich heiße jetzt Tiger! Die Herzen meiner beiden Herrschaften habe ich mit Mut, Tapferkeit und Ausdauer erobert und die schönste Belohnung bekommen, die man sich als Katze vorstellen kann: ein richtiges Zuhause!

Illustrationen

Paginierung, S. 27, 50, 68, 89, 104:
© Hans-Jürgen Krahl / Fotolia.de
S. 125, 143: © Li-Bro / Fotolia.de